William Prides - Das Ballett-Institut

Das Ballett-Institut

von William Prides

Impressum

(c) 2009 William Prides

Titelfoto (c) 2009 William Prides

Herstellung und Verlag: Books on Demand GmbH, Norderstedt

ISBN-13: 9783839135709

Bibliografische Information der Deutschen Nationalbibliothek:

Die Deutsche Nationalbibliothek verzeichnet diese Publikation

in der Deutschen Nationalbibliografie; detaillierte bibliografische

Daten sind im Internet über http://dnb.d-nb.de abrufbar.

Inhalt

Vorwort

Dieses Buch ist eine Ausgeburt der Phantasie. Es versucht eine Lücke zu schließen, von der Art wie sie entstehen, wenn mehrere Neigungen in einem Menschen wohnen, diese Schnittmenge aber so selten vorkommt, daß sich niemand ihrer annimmt. Ballett im kulturellen Sinne hat viel mit Disziplin zu tun, wird aber mit Disziplinierung im Sinne von BDSM nur selten in Verbindung gebracht, so wie auch klassische Ballettkleidung nicht oft als Fetisch angesehen wird. Wenn dann noch Transgender-Aspekte hineinspielen, glaubt man, damit alleine auf der Welt zu sein. Dem ist nicht so.

Es ist gilt, zwei Dinge vorab klarzustellen: Es geht nicht darum, die Kunst des Balletts oder Ähnliches in den Schmutz zu ziehen; vor den Leistungen der Menschen, die diese Dinge ausüben, sollte man Respekt haben. Es gibt in der Handlung Figuren, die erwachsen sind, sich aber in manchen Bereichen nicht so fühlen können oder wollen, was ein dementsprechendes Verhalten auslöst. Solche Schilderungen haben nicht einmal ansatzweise etwas mit Kinderpornographie zu tun, davon wird sich ausdrücklich distanziert.

1 - Das Institut

Madame Elenor saß alleine in ihrem Büro am großen Schreibtisch. Es war Sonntagnachmittag, in den Räumen des Instituts war es überwiegend ruhig. Elenor erledigte am Computer ihre Korrespondenz. Wenn man sich den Rechner und ihre moderne Brille, die sie nicht gerne in Gegenwart anderer trug, wegdenken würde, dann hätte man sich um Jahrzehnte zurückversetzt glauben können. Auf dem Schreibtisch standen Fotografien in kleinen Rahmen wie Familienportaits, an der Seite thronte ein Samowar. Elenor behielt es für sich, daß meistens ein hochprozentiger Tropfen dem Getränk beigemischt war. Eine altmodisches Schreibtischset aus Marmor samt längst überholtem Tintenfaß, zwei dunkle hölzerne Ablagen für Schriftstücke und ein modernes Telefon im Nostalgiestil vervollkommneten das Ensemble. Der Schreibtisch war alt, offensichtlich nachträglich war an der dem Stuhl abgewandten Seite die Öffnung zwischen den beidseitigen Schubladenkästen mit einem dezenten Flechtwerk versehen worden, welches dem Besucher Madames Beine zu verdecken versuchte, sie aber nicht gänzlich verbarg. Durch die Fenster drang, gedämpft durch halbgeschlossene Vorhänge, das Licht des Spätsommers, hell und freundlich, aber nicht mehr ganz so strahlend wie Wochen zuvor. Es fiel auf Akten- und Karteischränke, die auf einem Antikmarkt Liebhaber gefunden hätten, und deren Wucht durch Spitzendeckchen, Porzellanfiguren von Tänzerinnen und anderen von Frauenhand instinktiv geschickt drapierten Kleinigkeiten abgemildert wurde. An den Wänden hingen einige Kopien von Gemälden von Degas, darunter eher unbekannte Werke, die in einem modern anmutenden Breitwandformat gefertigt waren. Von der Decke hing ein Lüster aus Kristall, aus der guten alten Zeit vor der Erfindung der Energiesparlampe. Ein großer echter Perserteppich auf dem Parkettboden und ein im rechten Winkel zum Schreibtisch stehendes ausladendes Sofa trugen zu der heimeligen aber auch geschäftigen Atmosphäre ihres Wohnzimmerbüros bei.

Madame hatte einen Moment innegehalten, sich zurückgelehnt, einen Schluck aus ihrer Tasse genommen und versonnen die auf dem Schreibtisch stehenden Bilder betrachtet. Eines davon zeigte sie selbst, in jungen Jahren, in Schwarzweiß fotografiert, in einem schlichten schwarzen Trikot und weißen Ballettschläppchen. Die anderen Bilder zeigten in gewisser Weise ihre Familie, ihre Schützlinge, die ihr ans Herz gewachsen waren. Eine leibliche Familie nannte sie schon lange nicht mehr ihr eigen, obwohl einige Verwandte sicher noch nicht verstorben waren. Aber das war eine andere Geschichte. Madame ertappte sich bei dem Gedanken, daß sie trotz ihres Alters von Ende Vierzig genaugenommen immer noch Mademoiselle war, denn sie hatte nie geheiratet. Für den Respekt, den man ihr entgegen-zubringen hatte, war es besser, mit Madame angesprochen zu werden, darum beließ sie es dabei. Einige Dinge würden sich bei ihr nie ändern, so wie die Briten verächtlich auf Veränderungen herabsehen.

Obwohl sie heute keinen Besuch erwartete, trug sie eine weiße Bluse, einen züchtigen, aber engen dunkelblauen knielangen Rock, und der sommerlichen Temperatur zum Trotz eine blickdichte hautfarbene Strumpfhose. Ihre schulterlangen schwarzen Haare hatte sie hinten zusammengesteckt, was den Ausdruck ihrer Mimik stets unterstrich. Sie konnte jemand ohne eine Regung ihres Gesichts anschauen, bis dieser weiche Knie bekam, sie konnte aber auch charmant und einnehmend lächeln, beides nahm man ihr aufgrund ihrer Ausstrahlung gleichermaßen ab. An ihrem Gesicht ließ sich ablesen, daß sie nicht mehr Zwanzig war, aber auch, daß ihr Inneres sich mit dem Gedanken ans Älterwerden noch einige Jahre Zeit lassen würde. Einziges Zugeständnis an die nachmittägliche Idylle waren die bequemen Gymnastikschuhe aus dunkelblauem Kunstleder an ihren Füßen, die unter dem Schreibtisch einem imaginären Betrachter jedoch durch die Blende aus Flechtwerk weitestgehend verborgen blieben, was schade war, denn das unbewußte Bewegen der Füße ergab zufällig manche reizende Pose.

Madame wollte sich wieder der Arbeit zuwenden, aber der Blick auf den Kalender, den sie heute schon öfter als üblich angesehen hatte, hielt sie davon ab. *Sieben Jahre ist es nun her,* dachte sie ganz still bei sich. Über einen Lebensabschnitt, der vor diesen sieben Jahre gelegen hatte, hatte sie für immer ein dunkles Tuch gelegt. Das Ende dieser Episode war gleichzeitig der Beginn des Instituts gewesen und der Grund dafür, daß sie heute an diesem Schreibtisch saß. Die Erinnerung bekam Elenor kurz in den Griff. Das Bild einer letzten Zusammenkunft, sein letzter Wunsch, sein Vermächtnis. Elenor nahm rasch einen stärkenden Schluck, stand auf und öffnete die Vorhänge ganz, um die Gespenster der Vergangenheit zu verscheuchen. Sie sah einen Moment hinaus, atmete durch und begab sich in ihren glänzenden Gymnastikschuhen mit entschlossen aufrechtem Gang wieder an ihren Schreibtisch, wo sie sich bis zum Abend erneut in ihrer Korrespondenz vergrub.

Das Institutsgebäude, in dem Madame am Schreibtisch saß, war bestimmt hundert Jahre alt und hatte schon die verschiedensten Nutzungen erlebt. Im Laufe der Geschichte war es in besseren Zeiten Schule, Gerichtsgebäude und Amt gewesen, in schlechteren Zeiten hatte es leergestanden und war dem Verfall preisgegeben. Zuletzt hatte sich ein Investor damit verhoben, dem die Denkmalschutzbehörde von der Form der Dachziegel bis zu den Kacheln im Treppenhaus alles vorgeschrieben hatte. Einen Großteil der Restaurierung konnte er abschließen, doch dann ging ihm die Luft aus. Trotz frischer Farbe atmete das Gemäuer immer noch den angenehmen Hauch der Vergangenheit. Es gab mehrere verschieden große Säle, etliche kleinere Stuben, eine Küche, einige als kleine Wohnungen zusammengelegte Zimmerfluchten, umfangreiche kaum genutzte Kellerräume und einen Dachboden, der Kafka zur Ehre gereicht hätte. Nach dem letzten Leerstand hatte die Stadt endlich erkannt, daß zuviele Auflagen potentielle Interessenten in die Flucht schlagen würden, und für die Restarbeiten weniger strenge Auflagen in Aussicht gestellt. Trotzdem wagte sich monatelang niemand an dieses große

Objekt, und die Stadtväter befürchteten schon, erneut ein Geisterhaus nahe des Zentrums vorzufinden. Doch dann ersteigerte eines Tages ein bevollmächtigter Rechtsanwalt das Gebäude im Namen einer Stiftung. Deren Zweck war nicht leicht zu erfassen, aber es hatte mit Kultur und Therapie zu tun und offensichtlich nichts mit politischen oder religiösen Motiven, so daß die Stadt auf ihr Vorkaufsrecht verzichtete, als der Tag der Zwangsversteigerung gekommen war. Es mag auch am leeren Stadtsäckel gelegen haben, daß man nicht zu genau nachfragen wollte. Fortan konnte man beobachten, daß die restlichen Arbeiten zu Ende geführt wurden, und daß das Gebäude anschließend gut unterhalten wurde, doch zunächst tat sich dort sonst rein gar nichts. Allenfalls wäre einem aufmerksamen Beobachter hin und wieder abends ein Mann aufgefallen, der es langsamen Schrittes betrat, nachdem alle anderen fort waren.

Anderntags hatte Madame den externen Finanzmanager zum Termin gebeten. Die Satzung war bezüglich des Zwecks der Stiftung recht allgemein gehalten. Madame gehörte zu denen, die den tieferen Sinn darin kannten, und die sich nicht vom oberflächlichen Mischmasch der Begriffe Ballettunterricht, Tanztherapie, körperbezogene Selbstfindung, Unterweisung in Selbstdisziplin etc. blenden ließ. Gerade dieser Eintopf barg aber auch Chancen. Mit ihrem Berater ging Madame gezielt auf die Suche nach nationalen oder EU-Fördertöpfen, die es mittels gekonnter Antragstellung anzuzapfen galt. Auch die Formulierungen für andere Geldquellen, von Krankenkassen über Spenden von Selbsthilfegruppen bis hin zu Mitteln aus der Gerichtskasse aus eingenommenen Strafgeldern mußten wieder einmal auf den neuesten Stand gebracht werden.

Madame hatte keine kaufmännische Ausbildung genossen, aber einen gesunden Menschenverstand, einen kreativen Geist und die Fähigkeit, die Dinge wenn nötig deutlich beim Namen zu nennen. So trafen bei diesen Besprechungen immer zwei Welten aufeinander. Der von seiner Ausbildung her überlegenere und erfahrene Finanzmann hatte in Gegenwart von Madame das Empfinden, bloß keinen Fehler machen zu wollen und sie nicht zu verärgern, so wie ein Schüler, der weiß, daß er bei seiner Klassenlehrerin vorgemerkt ist. Vielleicht hatte es auch nur damit zu tun, daß Madame ihn ablenkte, und schlimmer noch, daß er sich nie sicher war, ob es Zufall war oder ob sie ihn absichtlich anregte. Wie dem auch sei, es lag auf der Hand, daß er sie nie darauf ansprechen würde und schon gar nicht, daß er eine körper-liche Annäherung hätte wagen dürfen.

"Monsieur Paul, was meinen Sie, ob wir uns für das Projekt zur Förderung von jungen Frauen mit Eßstörungen mittels Selbsterfahrung durch Tanztheater bewerben sollten?"
Monsieur schwebte gerade in einer anderen Welt. Vorgebend, genau wie Madame in Unterlagen zu blättern, hatte er in den letzten Minuten nur noch heimlich Elenor betrachtet. Sie saßen nebeneinander auf dem Sofa, und auf einem davorstehenden niedrigen Tisch mit Glasplatte, der überhaupt nicht in das Ambiente paßte, sich aber als nützlich erwiesen hatte, stapelten sich

Aktenordner und Papiere. Madame leitete heute selbst einige Kurse und war in einer Mischung aus Businesslook und Tanzkleidung erschienen. Im Ausschnitt ihres beigen Blazers und beim Hochrutschen des Hosenbeins, als sie die Beine übereinanderschlug, war zu erkennen, daß sie darunter einen silbrig glänzenden Lycra-Ganzanzug trug. Unten war er mit Fußstegen ausgebildet. Ihre Füße verbargen sich in weißen Ballettschuhen. Sie hatte die umlaufende Kordel eng verknotet, ein quer über den Spann verlaufendes Gummiband verlieh zusätzlichen Halt. Die Schuhe schienen recht stramm zu sitzen, Paul konnte die Kontur ihrer Zehen vorne an der weichen Schuhspitze erkennen. Die Form ihrer Füße war hübsch, die Zehen nicht perfekt gerade, sondern leicht gebogen, schwer zu sagen, ob durchs Tanzen oder den übermäßigen Genuß eleganten hochhackigen Schuhwerks. Elenor hatte mit Größe 38 ohnehin das Maß, von dem viele träumten, aber wenn man so die enganliegenden Schuhe ansah, oder vorhin, als beim Gehen die schmale Ledersohle kurz zu sehen war, dann wirkten sie noch zierlicher und anziehender. Paul hatte selbst ein Faible für Lycrakleidung und trug diese auch öfter unbemerkt unter seiner Alltagskleidung, heute allerdings nicht. Obwohl es offensichtlich bei ihr und bei ihm ganz verschiedene Gründe gab, Lycra angenehm auf der Haut zu fühlen, gaukelte ihm sein Wunschdenken eine Seelenverwandtschaft vor und ein Glückstropfen benetzte seinen Slip.

"Ich glaube nicht, daß es Sinn macht, denn der Topf ist relativ klein, da fällt für Randgruppen wie uns nichts mehr ab" antwortete er, sich wieder fassend, und griff absichtlich nach einem Ordner auf dem Tisch, um sich selbst dazu zu bringen, seine Blicke weg von Madame zu lenken. Glücklicherweise gelang es ihm, und die Besprechung nahm ihren gewohnten Lauf. Wenn nur dieses unterschwellige Knistern nicht in der Luft gelegen hätte. Madame spürte es ganz genau und genoß es, so wie sie ihre Kleidung nur scheinbar zufällig aus dem Moment heraus trug. Es gefiel ihr, und warum sollte sie etwas an der Situation ändern? Was auch versuchen würde, der Zauber würde verfliegen. Manche Dinge sollte man so genießen, wie sie waren und nicht versuchen, sie zu ändern.

Das Personal des Instituts war eine bunt zusammengewürfelte Truppe. Von Alter, Bildung, Fähigkeiten und Aussehen her sämtlich Individualisten, denen jeder Personalberater auf den ersten Blick Nicht-Teamfähigkeit bescheinigt hätte. Nur daß es hier im Institut auf wundersame Weise doch ein funktionierendes Miteinander gab. Das verbindende Element und gleichzeitig der innere Antrieb war die Toleranz gegenüber Menschen, die "anders" waren und die Sensibilität, darauf einzugehen, ohne sich davon wiederum vereinnahmen zu lassen. Jeder aus dem Personal hatte seine eigene Biographie, die erst die Anlagen dazu geschaffen hatte, hier arbeiten zu können, manchmal auf schmerzhafte Weise. Darüber wurde unter-einander nicht viel gesprochen, lieber kümmerte man sich um die Betreuung anderer. Madame alleine kannte alle Fakten und hielt sie im verschlossenen Karteischrank wohlverwahrt. Sie war stark genug, diese Truppe zu führen und zu motivieren.

Da gab es Yurek, inzwischen 53 Jahre alt und bereits ergraut, der früher im Ostblock ein angesehener Tänzer gewesen war. Nach Ende seiner Karriere wurde er wie so viele Ballettlehrer, aber dann geriet der kleine Staat in den Sog des Zusammenbruchs der Sowjetunion. Obwohl Ballett in seinem Land einen ungleich höheren Status hatte als im Westen, war von heute auf morgen kein Geld mehr dafür da. Wer es sich leisten konnte, verließ das Land, so daß auch bald kein privater Unterricht mehr nachgefragt wurde. Er fand vorübergehend wenigstens menschliche Ansprache, indem er bei der letzten noch aktiven Compagnie als Gnadenbrot mittrainieren durfte.

Als diese dann zu einer längeren Tournee aufbrach, tat man ihm aufgrund seiner früheren Bekanntheit im Osten einen letzten Gefallen und nahm ihn mit, wobei man ihn als Maskenbildner deklarierte. Im Westen stand er vor dem Nichts, politisches Asyl hätte man ihm nicht gewährt, trotzdem blieb er und schlug sich anfangs mehr schlecht als recht als Illegaler mit Gelegenheitsjobs durch. Seinem Instinkt folgend trieb er sich überall dort herum, wo Kontakt zu Menschen vom Theater oder Ballett zu erwarten war. Er hing einen Zettel mit seiner Telefonnummer am schwarzen Brett der Kunstakademie aus und bot in schlechter Landessprache und in seiner Muttersprache Unterricht und Mithilfe beim Ausarbeiten von Choreographien an. Er schaute, welche Angebote dort aushingen, und stieß auf eines des Instituts. Ihm fiel auf, daß scheinbar großer Wert auf pädagogische Fähigkeiten gelegt wurde, und er dachte bei sich, daß er damit trotz seines Alters vielleicht eine Chance haben könnte. Mit seiner Trainingskleidung und seinen beiden letzten beiden Paaren Ballettschuhen im Rucksack machte er sich kurzschlossen mit der Straßenbahn als Schwarzfahrer auf den Weg zum Institut.

Ein anderes Personalmitglied war Ingrid. Ihre äußere Erscheinung, insbesondere im Beintrikot mit Stulpen und langärmeligem rosa Lycrabody, war eher die der Pummelfee als die des grazilen Schneeflöckchens. Schon als Kind hatte sie heimlich davon geträumt, Tänzerin zu werden, ahnend, daß es mit ihrem Körper nicht möglich sein würde. Dem inneren Druck nachgebend, hatte sie sich einmal getraut, sich Karneval in einen Gymnastikanzug zu zwängen, schwarze Gymnastikschuhe anzuziehen und sich von ihrer Mutter aus Gardinenresten und Stärke einen weißen Tutu machen zu lassen. Der an sich geschickte Versuch endete in einer Katastrophe, denn nichts kann grausamer sein als Kinder. Sie wurde ausgelacht und die Übermacht aus Cowboys und Indianern hatte nicht Besseres zu tun, als einen Baum zum Marterpfahl zu erklären und sie dort mit einer aus dem Haushalt entwendeten Wäscheleine festzubinden. Zwar bekamen die Eltern Wind davon und gaben sich Mühe, sie zu trösten und die weißen und roten Übeltäter für ihr nichtsnutziges Treiben zu strafen, aber das Gefühl, in der Rolle, die sie selbst so liebte, verstoßen zu werden, saß tief und wich nie mehr ganz.

Sie wollte einen Schutzpanzer gegen die grausame Welt aufbauen und legte dadurch noch mehr zu. Sie nahm sich fest vor, anderen Menschen mit ähnlichen Sorgen zu helfen, wenn ihr in ihrem Leben solche begegnen würden. Dazu bot sich mit dem Älterwerden Gelegenheit, und das festigte ihr Selbstvertrauen. Endgültig überwunden hatte sie ihr Kindheitstrauma in dem Moment, als sie während ihres Soziologiestudiums bei einer Studenten-Theatertruppe bewußt in einer übergewichtigen Nebenrolle als Aerobic-Parodie auftrat und feststellte, daß sie das Publikum zum Lachen bringen konnte, aber nicht ausgelacht wurde. In den Wochen danach ging ihr dieses neue Gefühl, selbstbewußt mit ihrer bis jetzt als negativ empfundenen Körperfülle umgehen zu können, nicht mehr aus dem Kopf und vermischte sich mit ihrem Bedürfnis, für andere Menschen da sein zu wollen. Bessere Voraussetzungen hätte sie für das Institut nicht mitbringen können.

Ein drittes Personalmitglied verdient es, beispielhaft erwähnt zu werden. Andrea hatte früher keinen Bezug zum Ballett gehabt. Sie war ausgebildete Musiktherapeutin, hatte den Beruf aber nur wenige Jahre ausüben können, bevor man sie im Zuge von Sparmaßnahmen fristlos entließ. Am vorgeschobenen Grund, sie hätte einige Notenblätter gestohlen, konnte man fühlen. Durch das schlechte Arbeitszeugnis gelang es ihr nicht, wieder in ihrem Beruf Fuß zu fassen. Auf Anraten einer Freundin versuchte sie, aus ihrem Hobby, der Fotografie, Kapitel zu schlagen und brachte einen Bildband mit Schwarzweißfotografien heraus. Sie hatte sich an eine zufällige Begegnung mit einer Transgender-Selbsthilfegruppe erinnert; seinerzeit hatte die Thematik sie interessiert, aber ihr fehlte die Zeit, sich näher damit zu beschäftigen. Nun hatte sie davon mehr als genug, knüpfte Kontakte und konnte mehrere Transgender teils im Alltag, teils begleitend auf ihrem Weg in das jeweils neue Geschlecht behutsam im Bild festhalten. Das Buch wurde ein unerwarteter Erfolg und eine Zeitlang konnte sie davon zehren. Als er langsam abklang, kam es ihr gerade recht, als das Institut sie, durch ihr Buch aufmerksam geworden, anschrieb.

Madame Elenors Mannschaft wies noch weitere Mitarbeiter auf, die man oberflächlich für Verlierer der Gesellschaft halten könnte, deren Kompetenz an genau dieser Stelle ihres Wirkens aber nicht zu unterschätzen war. Für weniger diffizile Aufgaben gab es Hilfskräfte, die zum Teil ehrenamtlich arbeiteten. Ein älterer Herr, der niemand mehr hatte, war früher einmal Hausmeister in dem Gebäude gewesen. Eines Tages tauchte er auf, um zu sehen, was aus "seinem" Haus geworden wäre. Er fand die Sanierung gelungen, machte sich ohne Bezahlung nützlich und verbreitete die Aura des guten Geistes, den jedes glückliche Haus braucht. So hatte niemand etwas dagegen, daß er sich in einer Kammer auf dem Dachboden zunächst eine kleine Werkstatt einrichtete und mit der Zeit in einer Kammer nebenan immer öfter übernachtete, bis er sich dort ganz einnistete. Madame duldete ihn sozusagen stillschweigend als Hausbesetzer. Es tat ihm gut, gebraucht zu werden und der Einsamkeit zu entfliehen, der Kontakt mit jüngeren Menschen ließ ihn aufleben. Ab und zu schaute er mit hellwachem Auge den jüngeren Frauen auf der Treppe hinterher, wenn ihre Füße in niedlichen rosa, hautfarbenen, weißen oder schwarzen Ballettschuhen die Stufen herunter- oder herauftrippelten. Natürlich kannte er das Gebäude wie seine

Westentasche und wußte, wo er sich strategisch günstig und gleichzeitig unauffällig postieren konnte. Wenn der ganz seltene Fall vorkam, daß er jemand in roten Ballettschuhen en demi pointe über die Treppe huschen sah, dann weiteten sich seine Pupillen stärker als sonst. Denn er war alt, aber noch nicht tot.

Das große Gebäude beherbergte Räume für die unterschiedlichsten Zwecke. Da gab es zum Beispiel die Näherei. Hier betätigte sich meistens eine ehrenamtliche Kraft, die aber oft Unterstützung von Mitgliedern des Instituts bekam, die für einen Tag dorthin strafversetzt wurden, wenn etwas vorgefallen war. Für jemand, der lieber tanzen würde, war das als Strafe durchaus ernstzunehmen. Hier wurden die klassischen Arbeiten verrichtet, Gummis und Bänder an Schuhe angenäht, geflickt, aber es wurden auch Sonderanfertigungen hergestellt, die es so nicht zu kaufen gab, etwa den Ballettbody mit angenähtem Röckchen in Übergröße, der üblicherweise nur in Kindergrößen hergestellt wurde. Genauso das Einsetzen von Schritt-reißverschlüssen in Kostüme, die üblicherweise keine aufwiesen, sowie die Herstellung langärmeliger Lycrabodies mit angearbeiteten Fäustlingen, deren Verwendung sich später zeigen sollte. Die Näherei konnte auch ein Zufluchtsort sein, denn man konnte sich auch freiwillig melden, wenn man einen schlechten Tag hatte und der Klasse einmal entfliehen wollte oder wenn es mit dem hauptamtlichen Personal Streß gegeben hatte. Das Zusammensitzen bot ganz von selbst eine gute Gelegenheit, jemand unter vier Augen das Herz auszuschütten. Da die Tätigkeit an sich nun auch nicht dazu angetan war, hier länger als nötig zu verweilen, regelte es sich von selbst, daß niemand den Aufenthalt nutzte, um sich auf die faule Haut zu legen und selbst zusah, sich schnell wieder zu integrieren.

Nicht mehr reparable Spitzenschuhe mit butterweicher Sohle und andere ausgemusterte Kleidungsstücke landeten im Institut nicht wie etwa in einer Ballettschule üblich in einem Wühlkarton, aus dem sich jeder etwas herausnehmen durfte. Dafür liefen hier einfach zu viele Fetischisten herum, denen das hätte zu Kopf steigen können. Statt dessen hatte man aus dem Problem eine Tugend gemacht, indem diese Sachen in einem bekannten Internet-Auktionshaus angeboten wurden. Der wahrheitsgemäße Hinweis, daß die Sachen beim harten Training professionell verschlissen wurden, verbunden mit der Tatsache, daß im Institut Schuhgrößen bis 45 zum Einsatz kamen, sorgten dafür, daß gute Preise für Dinge erzielt wurden, die sonst im Müll gelandet wären. Es gab nun einmal Sammler und Liebhaber dafür, warum sollte man sie verurteilen, so hatten alle etwas davon. Schon in den 1840er Jahren hatte man einem Don Raffaele, Vater der Ballerina Fanny Cerrito, in London nachgesagt, die abgetragenen Schuhe seiner Tochter regelmäßig an deren Verehrer verkauft zu haben. Der Erlös wurde gesammelt und dazu verwendet für diejenigen Mitglieder, die von Hause aus finanziell schlecht aufgestellt waren, Ersatz anzuschaffen. Das Institut versteigerte im eigenen Namen, wohl wissend, daß es damit manchmal Menschen auf die eigene Spur brachte.

15

Die Hausordnung war nicht lang, denn hier hatte man es mit Erwachsenen zu tun, aber sie enthielt einige Besonderheiten. Es galt ein privates Fotografierverbot, und man achtete darauf, daß keine Unbefugten das Gebäude betraten. Nicht verboten, aber verpönt war es, barfuß oder in Socken herumzulaufen. Alkohol und Drogen waren absolut tabu. Es war erlaubt, abends auszugehen und sich wie jeder Erwachsene zu benehmen, aber man mußte um 22:00 wieder zurück sein. Statt nächtlicher Alkoholkontrolle hatte man sich etwas Subtileres einfallen lassen. Wer am 'Morgen danach' aufgrund Abgeben eines sichtlich unscharfen Bildes Verdacht erregte ein Trunkenbold zu sein, wurde auf die Probe gestellt. Sie wie Er gleichermaßen mußte weiße RSG-Kappen, eine schwarze Strumpfhose und einen ebenfalls schwarzen schlichten Samtbody anlegen. Dann galt es, den in einem separaten kleineren Nebenraum in nur einem Meter Höhe aufgebauten Schwebebalken auf dem Vorderfuß balancierend zu überqueren, ohne herunterzufallen. Entgegen den ansonsten gepflegten diskreten Umgangsformen waren hier alle eingeladen, sich das Geschehen, insbesondere das zaghafte Vortasten der gestreckten Füße, aus nächster Nähe anzusehen. Wer es über den Balken schaffte, auch wenn er offensichtlich zerknittert vom Abend davor ausschaute, kam ungeschoren davon, wer fehltrat und herunterfiel oder sich gleich weigerte, es zu versuchen, entging der Strafe nicht. Diese peinliche Prozedur im Hinterkopf, gab es so gut wie nie Probleme mit nächtlichen Gelagen.

2 - Die Neuaufnahmen

Alle zwei Monate trat das hauptamtliche Personal zusammen, um über Neuaufnahmen zu befinden, falls nötig, im Einzelfall auch kurzfristiger. Der Beschluß der Mehrheit galt, aber Madame hatte das Recht des letzten Wortes, das alles andere überwog. Nun war dies hier kein Vortanzen. Wer den Weg in das Institut fand oder wer von wohlmeinenden Freunden oder Angehörigen dorthin gebracht wurde, fand sich zunächst im Gespräch wieder. Man versuchte dadurch, die passende Klasse für das neue Mitglied zu finden. Morgen vormittag würden sich die Neuen vorstellen, heute, am Vorabend nach Abschluß des Tagesbetriebs, wurde vorab darüber gesprochen.

Man fand sich in Madames Wohnzimmerbüro ein, wo der Hausmeister bereits einige bequeme Stühle bereitgestellt hatte. Draußen war die Dämmerung hereingebrochen, und die kleine Versammlung mutete eher wie eine gesellige Runde an, als daß man sie für die Sitzung eines Lehrerkollegiums hätte halten können, zumal nichts dagegen sprach, daß man ein Glas Wein in Maßen genoß. Man hatte sich bereits für den Feierabend umgezogen. Yurek, für den Ballettkleidung nur Berufskleidung war, wie für einen Stahlarbeiter die Sicherheitsschuhe, war in Jeans, Turnschuhen und einem Ringelpullover erschienen. Ingrid hatte wie immer versucht, das Unmögliche zu vereinen, indem sie bei ihrer Kleidung einen Bezug zum Tanz herstellen wollte, aber auch ihren nicht ganz schlanken Körper möglichst vorteilhaft erscheinen lassen wollte. Sie trug türkisfarbene Leggins, eine bis über die Hüften reichende weiße Bluse mit Applikationen und einen breiten Modegürtel darüber. Dazu goldglänzende Gymnastikschuhe, die auch einer Bauchtänzerin gut gestanden hätten, und deren Farbe sich bei Ingrids verspielten Ohrgehängen wiederfand. Die Schuhe fielen etwas klein aus und der Gummizug drückte hinten an der Ferse, aber das nahm sie für den süßen Anblick gerne in Kauf. Bei Madame schien es kleidungsmäßig so zu sein, daß sie entweder nie Feierabend hatte - was in gewisser Weise auch stimmte - oder daß sie sich in der streng damenhaften Rolle gefiel. Sie hatte die Haare hinten zusammengesteckt, war mit einer dunklen Bluse und einem Lederrock angetan, der bis zu den Knöcheln reichte und an beiden Seiten mit Reißverschlüssen versehene Schlitze aufwies, um das Gehen zu erleichtern. Sie trug schwarze Strümpfe und schwarze geschnürte Stiefeletten im Gouvernanten-Stil mit 12 cm Absatz, in denen sie sich genauso gekonnt bewegte wie in flachen Ballettschuhen. Eine schwere silberne Kette schmückte ihren Hals.

"Gebt mir einen Überblick, wer sich morgen vorstellen wird" forderte Madame, hinter ihrem Schreibtisch thronend.
"Eine reiche Familie schickt ihre 22jährige Tochter für rund drei Monate zu uns, sie soll auch im Institut wohnen. Angeblich hat sie sich eine kürzlich entzweite Liebelei zu sehr zu Herzen genommen und soll durch unsere Tanztherapie wieder zu sich finden. Es scheint mir aber etwas anderes

dahinterzustecken, sie macht eher den Eindruck, als wenn sie ein schlechtes Gewissen hätte und sich genau überlegt, was sie sagt."

"Dann das Übliche, ein Mann Mitte Zwanzig, der in der Ballettschule dadurch aufgefallen ist, daß er sich zu intensiv für Spitzentanz und die weiblichen Tanzrollen interssiert hat. Man konnte dort nichts mit ihm anfangen, hat ihn hinauskomplimentiert und zu uns geschickt."

"Die nächste ist eine Transgender, die gerade ihren einjährigen Alltagstest macht. Sie scheint keinen Bezug zum Tanz zu haben, dafür aber einen Mangel an Disziplin. Unsere Ansprechpartnerin bei der Krankenkasse hat gemeint, daß wir ihr durch unser geregeltes Umfeld helfen bzw. ihr notfalls mit sanftem Druck etwas Disziplin beibringen könnten. Das kann heiter werden."

"Das Jugendamt schickt uns Vater und Sohn. Der Sohn hat heimlich Ballettstunden genommen, der Vater meint, das wäre etwas für schwule Schwächlinge und hat ihn so verprügelt, daß es zum Glück seiner Klassenlehrerin aufgefallen ist. Wir sollen eine Moderation versuchen, ansonsten geht die Sache zu Gericht."

"Ein Fall von Magersucht kommt eventuell, ist aber noch nicht sicher. Es könnte sich um den Narzißmus handeln, der auch manchen Tänzerinnen nicht fremd ist."

"Ein Ehepaar um die Fünfzig hat sich bereits für eine Woche gegenüber im Hotel eingemietet. Er ist Fetischist und dominant, seine Ehesklavin soll einige Ballettschritte und den Gebrauch von Spitzenschuhen erlernen, um sich nicht durch Unwissenheit gesundheitliche Schäden zuzuziehen."

"Zu guter Letzt kommt noch eine Dame, deren Stallgeruch der des Milieus ist, und die beim ersten Kontakt partout nicht sagen wollte, was sie bei uns sucht. Uns ist nur aufgefallen, daß sie verletzlich wirkte und daß ihre Augen so leer aussahen."

"Arbeitslos werden wir hier nie" meinte Madame und beschloß den Abend mit den Worten "ich werde dann morgen bitten lassen".

Der erste Vorstellungstermin war für 10 Uhr angesetzt, aber irgendetwas war ja immer, und so gab es gleich beim morgendlichen Unterrichtsbeginn Wirbel. Yurek brachte eine jugendlich wirkende Frau in Madames Büro. Die Entwicklung ihrer Persönlichkeit und Sexualität war aufgrund von Vor-kommnissen während der Pubertät auf ein späteres Alter verschoben worden. Hier im Institut brach sich das nun Bahn. So war es auch beab-sichtigt. Nur daß es sich dann manchmal wie mit Kinderkrankheiten verhielt, desto später sie auftraten, desto heftiger fielen sie aus. In diesem Fall war es eher niedlich, was sich in Madames Büro abspielte. Die junge Frau trug wie alle anderen in ihrer Klasse einen ärmellosen rosafarbenen Lycrabody und rosafarbene Spitzenschuhe. Soweit, so gut. Sie trug dazu eine zerrissene schwarze Netzstrumpfhose, hatte ein mit Graffitti dekoriertes T-Shirt übergezogen und ein Nietenhalsband samt passendem Armband angelegt. Ihre Haare standen unter Zuhilfenahme von reichlich Spray und Farbe in schönstem Pink zu Berge. Die Augenränder waren dunkel geschminkt. Vor Madames Schreibtisch stand ein kleiner Ballett-Punk, die Hände auf dem Rücken, die Füße in den Spitzenschuhen brav in der fünften

Position, den Blick gesenkt, in einer Mischung aus Trotz und Schuld-
bewußtsein.

"Was soll das Theater?" fragte Madame mit ernster Stimme, ohne sich
anmerken zu lassen, daß sie den kleinen Punk eigentlich ganz knuffig fand.
"Ich bin anders." lautete die erschöpfende Antwort.
"Dagegen ist nichts einzuwenden, aber doch nicht in der Klasse. Du sollst
dich entwickeln und finden, aber kannst du dir vorstellen, daß es für alle
anderen überhaupt kein Schönheitsideal ist, ein Punk zu sein, sondern eher
abtörnend?"
"Daran habe ich nicht gedacht."
"Ich sehe von einer Strafe ab, wenn du dich Andrea anvertraust und ihren
Anweisungen folgst. Erst wenn sie mir sagt, daß du soweit bist, darfst du
wieder in deine Klasse. Versprichst du mir das?"
"Ja, Ehrenwort."
"Yurek, bring sie ins kleine Atelier, sie soll dort warten, und schick mir auf
dem Weg Andrea herein."
Yurek und das Ballettpunkmäuschen verließen das Büro, kurz darauf trat
Andrea ein.
"Paß auf Andrea, unser Schützling testet gerade Grenzen aus und ist
gleichzeitig auf dem guten Weg der Selbstfindung, wir müssen nur etwas
helfend steuern. Nutz deine Fotokünste, mach mit ihr den ganzen Tag ein
Fotoshooting, laß sie sich in Szene setzen, bewundere sie. Die
gelungensten Bilder soll sie ruhig in ihrem Zimmer aufhängen. Wenn sie sich
ausgetobt hat, mach ihr klar, daß wir sie in ihrer Freizeit als Punk
akzeptieren
werden und sogar hübsch finden, aber daß sie gegenüber den Nicht-Punks
so tolerant zu sein hat, daß sie die Klasse nicht stört und dort normale
Ballettsachen anzieht. Ich muß mich hier gleich um die Neuaufnahmen
kümmern."

Andrea lächelte nur und ging wortlos. Genauso wäre sie die Sache auch
angegangen. Madame verschwand kurz, um sich umzuziehen. Der erste
Termin war der Problemfall des Vaters, der seinen Sohn wegen dessen
Ballettunterricht geschlagen hatte. 'Wer durch äußere Stärke zu herrschen
versucht, will damit nur seine innere Schwäche verbergen' hatte sich Elenor
gedacht.

Als Vater und Sohn ihr Büro betraten, trat Madame den beiden scheinbar
ganz selbstverständlich und selbstbewußt in einer völlig unerwarteten
Aufmachung entgegen. Sie trug ihr wunderschönes schwarzes Haar offen
und hatte einen knallroten Lycrabody angezogen, den eine schmale eng
geschnürte schwarze Hüftcorsage schmückte. Ihr schwarzglänzendes
blickdichtes Beintrikot mündete in roten Ballettschuhen, die durch
kreuzweise angenähte Gummis ohne einen Millimeter Luft wie angegossen
saßen. Über dem Ganzen trug sie einen dünnen schwarzen Satinmorgen-
mantel, den sie wie zufällig offen trug, so daß die ganze Pracht zu
bewundern war. Auf halber Spitze geübt nur auf dem Vorderfuß auftretend,

kam sie hinter ihrem Schreibtisch hervor und begrüßte den Vater mit Handschlag, dem es erst einmal die Sprache verschlagen hatte. Ein Blick von Madame in die Gesichter der beiden genügte, und Madame wußte, wie sie mit Ihnen zu reden hatte.

"Also, Sie beide sind hier, weil es zwischen Ihnen beiden eine Meinungs-verschiedenheit darüber gibt, ob man, wenn man Ballett macht, ein starker oder ein schwacher Mann ist. Sie haben hier die Gelegenheit, es heraus-zufinden, und ich rate Ihnen, diese wahrzunehmen, wenn Sie nicht vor dem Richter landen wollen, und der ist nicht so nett wie wir hier, kann ich Ihnen sagen."
Bei diesen Worten schien der Kleine innerlich einige Zentimeter größer zu werden und Hoffnung zu schöpfen. Der Vater kämpfte schwer mit seiner Blutzirkulation, die sich nicht entscheiden konnte, welcher Körperteil vorrangig versorgt werden sollte, der im Kopf oder der in der Hose. Genau auf diese Überrumpelung hatte Madame spekuliert. Sie sprach nun gezielt den Vater an.
"Sie haben dem Anschein nach keinen schwachen Körper. Sie melden sich morgen bei meinem Kollegen Yurek. Sie können in Trainingsanzug und Turnschuhen kommen. Er wird mit Ihnen am Vor- und am Nachmittag jeweils vier Stunden lang ganz normales Ballett-Training machen. Wenn Sie tags darauf keinen Muskelkater spüren, dann hatten Sie recht. Wenn aber doch, dann sind Sie nicht mehr oder weniger ein Schwächling als Ihr Sohn. In diesem Fall werden Sie sich bei ihm entschuldigen und ihn zukünftig gewähren lassen. Wenn Sie mir das hier in seiner Gegenwart in die Hand versprechen und morgen nicht kneifen, dann werde ich dem Jugendamt berichten, daß man von einer Strafverfolgung absehen soll. Gilt es?"
Sie hielt dem Vater die Hand hin. Dieser, ohnehin momentan nicht zu geistreichen Formulierungen fähig, schlug ein. Als die beiden draußen waren, griff Elenor zum Telefon und rief Yurek im Übungsraum an.
"Morgen kommt der Vater zu Dir zum Training. Mach ihn richtig fertig."

Madame verwandelte sich wieder in die seriöse Institutsleiterin, indem sie ein Businesskostüm anzog. Sie hatte sich die leichteren Fälle auf die ersten Termine gelegt, bei den komplizierteren konnte man den Zeitbedarf schwerer abschätzen. Jetzt war das Fetisch-Paar an der Reihe. Die beiden sahen auf den ersten Blick nicht viel anders aus als ein beliebiges Ehepaar um die Fünfzig. Bei genauerem Hinsehen sah man das metallene Sklavenhalsband, welches sie mit einem Halstuch kaschiert hatte. Und die Straßenschuhe in Form von Ballerinas waren zwar gerade wieder in Mode, paßten aber nicht ganz zu der restlichen Kleidung der Frau. Madame bemerkte, daß das Paar etwas verkrampft wirkte und löste die Spannung mit einer allgmeinen Einleitung. Sie erkundigte sich nach der Unterkunft im Hotel gegenüber.
"Wir sind dort sehr nett bedient worden, und es ist uns positiv aufgefallen, daß man dort keine Fragen stellt."
"Wir empfehlen öfter Gäste dorthin. Inzwischen hat man sich dort an ungewöhnliche Besucher gewöhnt und will sich den Umsatz nicht entgehen

lassen. Sie hatten uns mitgeteilt, daß Ballettbekleidung, insbesondere die Schuhe, ein Fetisch von Ihnen sind. Erzählen Sie doch bitte mehr darüber, wie sich das genau für Sie anfühlt und was wir dabei für Sie tun können." Der Mann atmete kurz durch. Seine Frau blickte ihn aufmunternd an, er nahm ihre Hand und begann:
"Ich könnte Ihnen jetzt sagen, daß Sie meiner Frau etwas Ballett beibringen sollen und es wäre gut. Aber es ist uns beiden ein Bedürfnis, daß Sie uns nicht falsch einschätzen. Als ich noch klein war, auf jeden Fall noch bevor ich zur Schule ging, hatte ich ein prägendes Erlebnis. Damals hatte zwar schon jeder einen Fernseher, aber es gab nur drei Programme, und das Internet war noch lange nicht erfunden. Man war auf sein Umfeld angewiesen, was Informationen anging, die einen zufällig erreichten. In meiner Familie interessierte man sich nicht für Kunst und Kultur, Theaterbesuch war ein Fremdwort. So kam es, daß ich bis zu diesem Alter rein gar nichts über Ballett oder gar Spitzentanz wußte. Eines Tages war ich wie so oft zum Spielen bei einer Nachbarsfamilie, die unter anderem eine damals so um die zwölf- bis vierzehnjährige Tochter hatten. Ich wußte nicht, daß diese die Ballettschule besuchte. Ich kam aus dem Kinderzimmer, ging um eine Ecke und betrat die Küche - und da war sie. Sie hatte diesen Ort wegen des gefliesten Bodens gewählt. Sie trug einen schwarzen Body mit angenähtem kurzen Röckchen, hatte die Haare hinten zu einem Knoten gebunden, hielt sich an der Spüle fest und stand in schwarzen Strümpfe in schwarzen Spitzenschuhen auf Spitze. Diese Momentaufnahme hat sich für ewig in meinem Gedächtnis festgesetzt. So etwas hatte ich noch nie zuvor erblickt, einen Marsmenschen hätte ich genauso fasziniert angeschaut. Denn in diesem Moment spürte ich ein Gefühl, *welches ich noch nie zuvor gespürt hatte.* Erst als Erwachsener begriff ich, daß das eine zarte erste Frühreife gewesen war. Seitdem erregen mich diese Dinge. Denken Sie aber bitte nicht, daß ich zu dem Menschenschlag gehöre, der sich mit einem Schläppchen einen runterholt. Der tote Gegen-stand bedeutet mir nicht allzuviel, obwohl wir beide in unseren Ehejahren natürlich etliche Paare angesammelt haben. Ich lebe meinen Fetisch dadurch aus, daß meine Frau die Kleidung und insbesondere die Spitzenschuhe für mich trägt. Darüber hinaus bewundern wir Ballett als Kunst reinster Form und besuchen oft und gerne das Theater, ohne daß dies aus sexueller Erregung heraus geschähe. Jetzt kommen Sie ins Spiel. Meine Frau möchte für mich mehr sein als ein Kleiderständer. Natürlich erwarte ich nicht, daß sie eine richtige Tänzerin wird. Aber einige elegante Bewegungen, Posen und Schrittfolgen sollten doch machbar sein. Vor allem aber möchte ich, daß sie lernt, einige Meter am Stück auf Spitze trippelnd zu gehen. Das liegt mir sehr am Herzen. Ich möchte nicht, daß sie es ohne Anleitung selbst probiert, denn die Gefahr sich zu verletzen oder sich die Füße kaputtzumachen, ist doch zu groß."
Seine Frau umarmte ihn und flüsterte "Mein Herr, das hast du so schön gesagt."
Madame war gerührt und meinte "Sie sind beide ganz tolle Menschen, es wird uns eine Freude sein, Ihnen zu helfen. Wir werden Ihnen auch

beibringen, worauf Sie beim Kauf der Schuhe zu achten haben und was sonst noch dazugehört."

Als nächster Termin war die Magersüchtige vorgesehen, die aber nicht erschien. Also wurde der Balletteleve namens John vorgezogen, der in der Ballettschule ungewollt dadurch aufgefallen war, daß er Spitzentanz beigebracht haben wollte und daß er sich mehr für die weiblichen Rollen als für die männlichen interessiert hatte. Für die Einteilung in die richtige Klasse mußte Elenor unbedingt herausfinden, was den jungen Mann antrieb, auch wenn er sich darüber selbst nicht klar war. Sie hatte ihm gesagt, er solle seine Trainingskleidung mitbringen und sich zum Gespräch so anziehen, wie er es üblicherweise zum Training täte. So geschah es auch. Der junge Mann stand vor ihr, in einem weißen T-Shirt, mit schwarzem Beintrikot und weißen Ballettschläppchen. Er war sichtlich nervös, seine Wangen waren gerötet. Madame ließ ihn auf dem Sofa platznehmen und setzte sich zu ihm. Sie versuchte, mit ihm ins Gespräch zu kommen, aber er war ziemlich verstockt und flüchtete sich in Allgemeinplätze, etwa daß bis vor einem halben Jahrhundert männliche Tänzer auf der Bühne nur Beiwerk und Hebewerkzeug für die Ballerinen gewesen seien, was sich heutzutage zum Glück geändert hätte. Das ging am Thema vorbei, Madame mußte sich etwas anderes überlegen. Sie schätzte mit geübtem Blick kurz seine Schuhgröße ab und verschwand unter einem Vorwand kurz. Als sie zurückkehrte, wurde es dem jungen Mann noch viel mulmiger als es ihm sowieso schon zumute war. Madame hielt einen Rohrstock, ein Paar Spitzenschuhe, ein Suspensorium und einen langen romantischen Tutu in den Händen. Es war ihm unmöglich, den Blick von diesen Dingen abzuwenden. Seine schlimmsten Ahnungen wurden Wirklichkeit, als Madame die Sachen vor ihm auf den Tisch legte, allerdings den Rohrstock in der Hand behielt und nur ein einziges Wort sagte, das keinen Widerspruch duldete:
"Anziehen!"
Wie unter Hypnose tat er wie befohlen. Madame drehte sich dezent um, während er sein Beintrikot kurz ablegen mußte, um das Suspensorium darunter anzuziehen, so daß er einen Moment lang nackt dastand. Madame war indes nicht ganz so dezent, wie es den Anschein hatte, denn sie hatte an der Zimmerwand nicht nur Bilder, sondern an einer gut ausgewählten Stelle auch einen kleinen Spiegel aufgehängt, der ihr einen rückwärtigen Blick erlaubte. Nach dem Anziehen des angenehm zart raschelnden Tutus schien der Eleve etwas ruhiger zu werden. Mit Hingabe schnürte er die Bänder der Spitzenschuhe und achtete peinlich darauf, daß er die nach dem Knoten entstehenden kurzen Enden hinter dem am Bein anliegenden Band versteckte, und daß die Enden der kleinen umlaufenden Kordeln, die die Weite der Öffnung regulierten und die vorne in einem Knoten mündeten, innen im Schuh verschwanden. Fast als hätte er Madame vergessen, prüfte er zunächst mit einem Fuß die Elastizität der Sohle, indem er den Fuß auf Spitze setzte und durchbog. Sie überließ ihn noch einen Moment sich selbst, dann dirigierte sie ihn mit dem Rohrstock wortlos zu einem der schweren Karteischränke, wo er eine breite Griffleiste ersatzweise als Ballettstange benutzen konnte. Sie ging mit ihm die üblichen Exercise zum Aufwärmen

22

durch, und zwar in der männlichen Variante. Er war mit Eifer dabei und machte eine gute Figur. Dann ging sie fast unbemerkt dazu über, ihn auf halber und dann auf ganzer Spitze üben zu lassen, bis er am Schluß nur noch die weibliche Variante übte. Er wirkte gelöst und sicher dabei. Madame dankte ihm und meinte, sie hätte sich von seinem Talent überzeugt, er könne bleiben. Als er sich wieder umzog, sah sie im Spiegel, daß seine Männlichkeit klein und in keiner Weise erregt war. Als er gegangen war, prüfte sie das Suspensorium, welches nicht den kleinsten Ausfluß aufwies. Sie notierte in seiner Akte 'kommt probeweise in unsere Transgender-Klasse, ist bestimmt kein Damenwäscheträger, kann und will tanzen'.

Als Nächstes stellte sich Madeleine, eine junge Dame aus gutem Hause in Begleitung ihres älteren Bruders vor. Teuer angezogen, gekonnt geschminkt, aber nicht in sich selber ruhend, wie Elenor sogleich empfand. Sie wurde wie jedermann gefragt, was sie hier im Institut zu finden hoffte. In der Akte war zu lesen, daß sie durch Tanztherapie wieder mehr zu sich und ihrem Körper finden wollte, nachdem eine tiefe Liebe zerbrochen war, unter Begleit-umständen, die sie an sich und an ihrem Körper zweifeln ließen. Da saß aber kein hilfebedürftiges zusammensunkenes Etwas, und der Wunsch, hier für einen gewissen Zeitraum unterzuschlüpfen, war allzu offensichtlich. Madame fühlte ihr darum auf den Zahn. Dabei beobachtete sie, daß die junge Frau sich durch Augenkontakt mit ihrem Bruder sein Einverständnis für das einholte, was sie sagte.
"Wir können dir hier schon Gefühl für deinen Körper, Disziplin im Umgang mit dir selbst und damit letztlich auch den Respekt vor dir selbst vermitteln. Aber sag mir mal, was bedeutet Ballett eigentlich für dich?"
"Ballett ist eine Synthese aus Grazie und Harmonie. Es entbindet den Körper scheinbar der Gravitation und stilisiert ihn zur ästhetischen Vervollkomm-nung. Es..."
Madame hatte ihre Ohren bereits auf Durchzug gestellt, so etwas konnte sie ja besonders gut leiden. Entgegen ihrer üblichen Contenance fuhr sie den älteren Bruder an:
"Davon, daß Ihre Schwester in Ihrer Gegenwart nur Opern quatscht, wird ihr sicher nicht geholfen werden. Machen Sie mal die Tür von außen zu und gehen Sie eine Viertelstunde rauchen."
Der Gescholtene merkte, daß die Strategie aufgeflogen war und trollte sich.
"Jetzt vertrau mir und sag mir die Wahrheit. Das Institut kann eine Zuflucht sein, aber ich muß wissen, woran ich bin."
Die Frau suchte noch in ihrer Handtasche nach einem Taschentuch, da brach es aus ihr heraus:
"Sie wollen mich für eine Zeitlang vor dem Rest der Familie verstecken. Es muß aber so aussehen, als wenn es eine erklärbarer Aufenthalt wäre. Ich muß in meinen Kreisen repräsentieren, da kann man nicht einfach fehlen. Der engste Familienrat hat schon darüber nachgedacht, mich in einer privaten psychiatrischen Klinik verschwinden zu lassen. Ich kenne jemand aus einer befreundeten Familie, der wegen seines Drogenkonsums das schwarze Schaf ist. Den haben sie dort erst therapiert, was ja in Ordnung war. Aber dann hat die Familie ihn noch acht Monate dort schmoren lassen.

Solange der Chefarzt den monatlichen Scheck bekam, war derjenige dort hilflos eingesperrt, irgendeine Diagnose fand sich immer, um das zu rechtfertigen. Davor habe ich Angst. Ich habe, wie es bei uns standesgemäß so ist, Ballettunterricht genommen, und dabei zufällig von Ihrem Institut gehört. Das ist mir in letzter Sekunde wieder eingefallen, und die Familie hat sich darauf eingelassen. Schicken Sie mich nicht wieder weg, Sie sind meine letzte Rettung."

Die Tränen liefen über ihr Gesicht und verschmierten das Luxus-Make-Up.

"Um Himmels willen, was hast du denn angestellt?"

"Es war ein Betriebsunfall, wirklich nicht mehr, mir ist das Temperament durchgegangen. Ich habe unseren jungen Reitlehrer verführt. Er war so in mich verknallt, daß er mir richtig hörig war. Ich wollte schon immer mal ausprobieren, wie das ist, wenn man vollkommene Macht über jemand hat. Erst wollte er nicht, aber ich habe ihn so lange becirct, bis er sich nackt mit allen Vieren ans Bett fesseln ließ. Ich habe mich auf ihn gesetzt und ihm anfangs einen wunderschönen Verkehr beschert. Aber nach kurzer Zeit wollte er nicht mehr und wand sich. Da packte mich meine Lust erst richtig, ich war noch lange nicht fertig und spürte, daß bei mir noch mehr als ein Orgasmus fällig wäre. Ich kümmerte mich nicht um ihn und machte einfach weiter. Als er versuchte, um Hilfe zu rufen, streifte ich meine Strümpfe ab. Den einen steckte ich ihm zusammengerollt als Knebel in den Mund, den anderen legte ich als Schlinge um seinen Hals."

"Du hast doch nicht....?"

"Nein, ich habe ihn nicht erwürgt. Aber das alles muß für ihn wie eine Vergewaltigung gewesen sein. Damit werde ich nun immer leben müssen. Meine Familie hat es viel Geld gekostet, die Sache zu vertuschen und den Mann woanders hin zu vermitteln. Sie fürchten, daß ich nicht stabil genug sein würde, um auch meinen Mund zu halten. Die Schande wäre für die Familie unerträglich. Stellen Sie sich vor, die Presse bekäme davon Wind. 'Möchtegern-Domina aus reichem Elternhaus nötigt Personal zum Sex und bringt den Mann dabei fast noch um, die Familie versucht es unter den Teppich zu kehren', an solche Schlagzeilen darf ich nicht einmal denken."

Elenor nahm sie in die Arme und tröstete sie.

"Mein Kind, hab keine Angst, du bist hier genau richtig."

Nach dieser Begegnung war zum Glück erst einmal Mittagspause. Madame pflegte ihr Nervenkostüm dadurch, daß sie den Prozentsatz des Alkohols in dem Samowar an ihrem Schreibtisch geringfügig erhöhte und sich zwei Tassen der Mixtur gönnte. Aber der Tag war noch nicht zu Ende.

Es kam, wie es im selbstausgefüllten Formular zu lesen war, "Nadiene", mit 'ie' geschrieben. Schreibschwäche oder Nachlässigkeit, das war hier die Frage. Der erste Eindruck war leider der, daß es Nachlässigkeit gewesen sein könnte. Andererseits durfte man mit Transgendern nicht so hart ins Gericht gehen, besonders wenn sie noch am Anfang standen. Diese hier hatte schon die Überwindung von der Stubentranse hin in die Öffentlichkeit geschafft, aber es war nicht zu übersehen, daß der vom Gesetzgeber vor dem Gang zu geschlechtsangleichenden Operation vorgeschriebene einjährige Alltagstest

gerade erst begonnen hatte. Die Absätze waren zu hoch, die Schminke zu dick aufgetragen und die Perücke zu mähnenhaft. Das konnte sich mit der Zeit aber noch auswachsen. Nadine hatte mit Ballett bisher nur so viel im Sinn gehabt, daß sie alles, was rosa war, zuckersüß und bewundernswert feminin fand. Sie hatte zu Hause Streß gehabt, ihre Freundin kam nicht mit ihrer Metamorphose klar und hatte sie verlassen. Madame sprach das Thema Selbstdisziplin an und Nadine gab ohne Zögern zu, daß sie hierbei Nachholbedarf hätte. Madame überlegte kurz. Eigentlich war Nadine hier falsch, sie hätte eher in eine Selbsthilfegruppe für Transsexuelle gehört. Aus Erfahrung wußte Madame aber auch, daß man dort sicher keine Disziplin lernen konnte. Transgender waren nun einmal keine homogene solidarische Gruppe, wie es der Außenstehende vermuten würde, sondern sämtlich Individualisten. Die gönnten sich manchmal untereinander nichts und zogen sich in solchen Gesprächsrunden gegenseitig herunter. Sie dachte kurz über den typischen Werdegang vieler TS nach und hatte eine Eingebung.
"Ist es bei dir auch so gewesen, daß du in deinem Leben Phasen der Verdrängung deiner inneren Weiblichkeit gehabt hast, in denen du dann männlicher als der Durchschnittsmann sein wolltest?"
"Ja, ich habe zweimal die weiblichen Sachen aus meinem Kleiderschrank in die Mülltonne geworfen und es anschließend wieder bereut."
"Laß mich raten, bei deiner Berufswahl hast du dich als Mann gefühlt?"
"Ich bin gelernter Schlosser, und das bedeutet, daß ich heute als Transgender arbeitslos bin."
"Ehrlich gesagt bist du bei uns nicht ganz am rechten Ort. Aber ich kann dir einen Vorschlag machen. Wir haben in unseren ausgedehnten Dachböden einige ungenutzte Räume, und unser Hausmeister ist gerade dabei, die Heizungsstränge dorthin zu verlängern. Solche Sachen machen wir in Eigenregie, aber es ist doch ein wenig viel für ihn, er ist nicht mehr der Jüngste. Du könntest ihm zur Hand gehen, und ich würde das unter dem Etikett eines Praktikums laufenlassen. Du wärst unter toleranten Menschen, die dich auch als noch nicht perfekte Frau akzeptieren."
"Das ist mehr, als ich erwartet hätte. Ich dachte, wer nicht tanzen kann, hat hier nichts verloren. Das würde ich sehr gerne machen."
"Ganz so einfach ist es aber nicht. Um deinem Alltagstest Rechnung zu tragen, und um unseren Betrieb nicht durcheinanderzubringen, schreibe ich dir vor, daß du hier im Institut ausschließlich weibliche Tanzkleidung tragen wirst, ausgenommen natürlich wenn bei der Arbeit andere Kleidung nötig ist."
"Das mache ich sogar gerne."
"Jetzt kommt das Schwierigste: Ich erwarte von dir, daß du dich meinen Anordnungen unterwirfst, die dir Disziplin beibringen sollen. Wenn du folgst, dann unterstütze ich dich, z.B. könnte ich dir beibringen, wie man in High Heels richtig läuft. Wenn du aber nicht spurst, dann erwarte ich von dir, daß du meine Strafen akzeptierst. Wir sind hier alle erwachsen, und es gibt keine verschlossenen Türen, die dich mit Gewalt hier halten. Wenn du aber eine verdiente Strafe, die nur deinem Besten dient, nicht antrittst, dann mußt du das Institut verlassen und wir werden dich nicht wieder aufnehmen, auch wenn du reumütig zurückkommst. Diese strenge Regel

dient dir besser als du denkst, denn bei deiner inneren Zerrissenheit gäbe es sonst nur ein einziges Hin und Her."

"Ich werde es wohl nicht schaffen, keinen Mist zu bauen. Aber ich verspreche Ihnen, in diesem Fall meine verdiente Strafe anzunehmen."

"Nur Mut. Mein Kollege Yurek sagt immer: Nur die Gnade kommt von Gott, alles andere kann man lernen."

Inzwischen war es bereits Nachmittag geworden. Ein letzter Termin stand noch an, und Elenor hatte kein gutes Gefühl dabei. Sicherheitshalber hatte sie Ingrid gebeten, bei dem Gespräch mit anwesend zu sein. Die Dame nannte sich Chantal. Sie war elegant gekleidet, eine Mischung aus Geschäftsfrau und Vamp. Man konnte sich einen gut situierten älteren Herrn an ihrer Seite vorstellen, der Gefallen an ihrer Gesellschaft gefunden hätte. Ganz perfekt war das Bild jedoch nicht, sie bemühte sich um eine gewählte Ausdrucksweise, was ihr aber nicht immer gelang. Und sie rauchte zuviel, dagegen kam nicht einmal der Hausmeister an, dessen Zigarillos ein übles Kraut waren. Elenor, die bekannt für ihr ausgezeichnetes Gedächtnis für Gesichter war, musterte sie eindringlich. Ingrid fiel auf, daß Elenor Distanz hielt und die Arme verschränkte, so verhielt sie sich sonst nicht, zumal das Gespräch gerade erst begonnen hatte.

"Eigentlich sollte ich mit meinem Leben zufrieden sein. Ich habe viel erlebt und dabei gut verdient. Ich habe lange als Domina gearbeitet und zum Schluß ein eigenes Studio geführt. Ich habe es verkauft, meine Beschützer ausgezahlt und mich zur Ruhe gesetzt. Es gibt immer noch einige Sklaven, die mir hörig sind, so daß ich Abwechslung habe, und es wäre mir ein leichtes, mir einen reichen Mann zu angeln, der mir den Lebensabend versüßt. Aber vorher muß ich mit mir ins Reine kommen. Manche Erlebnisse will ich vergessen. Ich muß lernen, Gefühle wieder zuzulassen, ich habe festgestellt, daß ich zuletzt auf einer Trauerfeier gerne geweint hätte, aber daß es nicht ging, ich war wie versteinert. Natürlich gibt es auf dem Lebensweg kein Zurück, immer nur ein Vorwärts, das ist mir klar. Trotzdem glaube ich, daß ich an etwas aus meinen unschuldigen Kindertagen anknüpfen muß, um diese innere Leere wieder mit Leben zu füllen. Meine Mutter hat mich damals oft mit ins Theater zum Ballett genommen. Diese reine und makellose Welt will ich wieder fühlen, das hälfe mir."

"Nun, die Ballerina oder die Tänzerin des klassischen Balletts allgemein ist eine Art asexuelles Wesen, da stimme ich Ihnen zu. Auf der Bühne auf jeden Fall, und oft auch dahinter. Fortwährende Askese, Selbstzucht, Aufopferung und vieles mehr nimmt eine Tänzerin auf sich, wenn sie gut sein will, und das jeden Tag, ohne Auszeit. Es heißt, wenn sie zwei Tage nicht trainiert, merkt sie es selbst, wenn sie es eine Woche nicht tut, dann merkt es ihr Lehrer, und wenn sie es einen Monat nicht tut, dann merkt es das Publikum. Aber zurück zu Ihrer Vision. Sie werden sicher keine Tänzerin mehr werden, die sich täglich an der Stange abmüht. Wir geben uns nicht dafür her, daß sie auf voyeuristische Weise bei uns Theaterluft schnuppern wollen. Angeln Sie sich einen netten Mann, der gerne ins Theater geht, das ist besser für Sie und für unseren Ruf."

Es gab noch einen kurzen leidenschaftlichen Wortwechsel, dann knallte die Türe zu und Chantal war verschwunden. Ingrid schüttelte den Kopf.
"Was ist denn nur in dich gefahren? Sie ist nicht besser und nicht schlechter als alle anderen, die heute bei Dir waren. Entweder sind wir hier tolerant oder nicht. Wir sollten es besser sein, denn wir selbst sind auch besondere Menschen, die respektiert werden wollen. Schäm dich. Oder gibt es etwas, was du mir zu sagen hättest?"
"Nichts, was dich etwas anginge."

Abends lief Elenor die kleine Punk-Ballettratte zufällig über den Weg, strahlend und mit einigen Schwarzweiß-Fotos unter dem Arm, die sie anderen Mitgliedern stolz herumzeigte. So war der Tag wenigstens in dieser Hinsicht ein Erfolg gewesen. Aber das Gesicht von Chantal spukte Elenor noch einige Zeit im Kopf herum.

3 - Die Mitglieder

Der Hausmeister staunte nicht schlecht über seine neue Hilfe. Er musterte Nadine skeptisch wie ein Kapitän, der Frauen mit an Bord nehmen soll, was bekanntlich Unglück bringt. Nadine hatte Madames Anweisung, Tanzkleidung zu tragen, und die eigenen Vorlieben auf ganz individuelle Art kombiniert. Sie trug zu den rosa Ballettschühchen kurze weiße Rüschensöckchen und hatte sich rosa Schleifchen in die Perücke geflochten, denn das fand sie süß. Ihr Outfit wurde durch einen kurzen rosafarbenen Wickelrock und eine blickdichte hautfarbene Strumpfhose ergänzt. Auf einer anderen Ebene wiederum praktisch denkend, hatte sie im Fundus des Instituts eine lange strapazierfähige Schürze ausfindig gemacht, wie sie von Möbelpackern verwendet wird. Dem Hausmeister blieb wenig Zeit zum Wundern, Nadine hatte gleich überschaut, woran er gerade arbeitete, und ehe er es sich versah, hatte sie den Rohrschneider in der Hand, um das als nächstes benötigte Rohrstück auf die passende Länge zu kürzen. Von der zupackenden Art und den handwerklichen Fähigkeiten, die später noch stärker zu Tage traten, überzeugt, fiel es ihm dann doch leicht, Nadine so zu akzeptieren, wie sie war.

Hier auf dem Dachboden war man unter sich, da störten auch die typischen Anfängerfehler nicht, wenn Nadine manchmal wenig feminin breitbeinig dastand oder die Hände in die Hüften stemmte, wenn sie über ein technisches Problem nachdachte. Einige Tage später war dann Nadine an der Reihe, überrascht zu sein. Der Hausmeister hatte Vertrauen zu ihr gefaßt und offenbarte ihr, sie sei vielleicht noch nicht perfekt und hätte noch einen langen Weg vor sich, aber trotzdem würde er sie bewundern. Er sei nicht zufällig hier, er würde sich gerne mit Menschen wie ihr umgeben, denn in seiner Generation, als er jung war, wäre ein solcher von Toleranz und gegenseitigem Respekt erfüllter Umgang nicht möglich gewesen. Er ging sogar noch weiter und meinte, wenn er heute jung wäre, würde er sich vielleicht auch trauen, aber dafür wäre er nun doch schon zu alt, er hätte sein Leben gelebt. Nadine hatte bei diesen Worten auf einmal eine ganz neue weibliche Empfindung. Ein Mann hatte sich ihr als Frau anvertraut und sie als Mensch ernst genommen.

Der Hausmeister hatte Nadine für den Nachmittag freigegeben, denn er hatte einen Arzttermin und wollte auf dem Rückweg noch fehlendes Material besorgen. Nadine sollte währenddessen einer Klasse beim Training zusehen.
"Aber mach dich vorher noch einmal ordentlich zurecht, dort bist du nicht auf einer Baustelle." hatte der Alte ihr mit auf den Weg gegeben. Da Nadine hierfür von zu Hause aus leider das nötige Feingefühl nicht mit in die Wiege gelegt worden war, nahm das Schicksal seinen Lauf. Die Leiterin der Klasse schaute kurz, bemerkte erst den deutlichen Bartschatten unter der Schminke und dann die dreckigen Fingernägel. Fünf Minuten später stand Nadine vor dem Schreibtisch, hinter dem Madame sich drohend erhob.

"Nadine, ich bin insoweit zufrieden mit dir, daß du dich auf deine Weise an unsere Kleiderordnung hältst und ich höre vom Hausmeister, daß du ihm eine große Hilfe bist. So weit, so gut. Das Leben besteht aber nicht nur daraus, daß man sich auf einer Baustelle befindet. Es mag Männer geben, die kein richtiges Zuhause haben und sich in so einer Umgebung mit der Bierflasche in der Hand eines schaffen. Es ist als Mann schon schlimm, so tief zu sinken, aber als Frau ist das vollkommen unmöglich und inakzeptabel. Du gibst für alle anderen Mitglieder hier ein denkbar schlechtes Beispiel ab, und du tust dir selber keinen Gefallen, weil du dich selbst nicht achtest. Wenn du dich selber gernhaben würdest, dann würdest du dich nicht vernachlässigen. Ohne Selbstachtung und Selbstvertrauen wirst du den Weg zum Frausein niemals schaffen. Ich habe dir Hilfe angeboten, aber die werde ich dir nur geben, wenn ich sehe, daß du dir von innen heraus Mühe gibst. Mag sein, daß dir meine Gardinenpredigt schon Strafe genug ist, aber für dich und vor allen anderen Mitgliedern muß ich hier ein Zeichen setzen. Komm mit in die Näherei."

Nadine rätselte über die letzte Äußerung, hielt es aber für klüger, nicht zu fragen und lieber trotz böser Vorahnung mitzugehen.
Madame bat die Anwesenden in der Näherei, sie mit Nadine alleine zu lassen.
"Zieh die Perücke aus, leg sie ordentlich hin, dann geh dort zum Waschbecken und schmink dich gründlich ab. Im Schränkchen darüber findest du alles Nötige."
Nichts Gutes ahnend, folgte Nadine, wobei sie es soweit irgend möglich vermied, sich in dem über dem Waschbecken hängenden Spiegel anzusehen.
Madame war unterdessen an einen verschlossenen Schrank getreten und hatte ihn mit ihrem Schlüssel geöffnet.
"Komm her und tritt deine Strafe an."
Sie zog Nadine eine schwarzglänzende Lycramaske über den Kopf, die lediglich eine Öffnung für den Mund aufwies. Die Maske lief unten in einen Halsansatz aus und war dort rund um den Hals mit Lochösen versehen. Durch die Ösen verlief eine zierliche Kette, die Madame strammzog und hinten mit einem kleinen Vorhängeschloß sicherte. Anschließend setzte sie Nadine ihre Perücke wieder auf. Nadine stellte fest, daß sie noch einigermaßen sehen konnte, das Atmen war auch kein Problem.
"Diese Maske wirst du bis morgen Abend um 20 Uhr nicht ausziehen können. Dann treffen wir uns wieder hier. Du wirst morgen nicht auf dem Dachboden arbeiten, sondern dich bei den Klassen aufhalten und zu den Mahlzeiten erscheinen. Jeder soll sehen, was passiert, wenn man sich so gehenläßt wie du. Du kannst mit der Maske problemlos essen. Wenn du dich morgen Abend genug vor den anderen geschämt hast und wieder erlöst wirst, dann lasse ich dich hier vor dem Spiegel mit dir alleine. Dann schau dich an und entscheide für dich, ob du zukünftig so mit Haaren im Gesicht herumlaufen willst oder ob es nicht doch die Mühe wert ist, sich zu pflegen, um Frau sein zu können."

Das leise Klicken des Schlosses und Madames Worte würde Nadine nie vergessen. Die Blicke der anderen Mitglieder am nächsten Tag ertrug sie, irgendwie empfand sie die Maske auch als Schutz. Aber desto näher der Abend rückte, desto unwohler fühlte sie sich, statt sich auf die nahende Erlösung zu freuen. Madame hatte es schon richtig erfaßt, sie konnte sich nicht ewig auf dem Dachboden oder hinter einer Maske verstecken. Die Stunde nahte, Madame öffnete das Schloß, beließ aber die Maske noch an ihrem Platz und verließ den Raum. Nadine beschloß, sich ein letztes Mal vor sich selbst zu verstecken, schwor sich aber gleichzeitig, es danach nie wieder zu tun. Sie legte sich Rasierzeug zurecht, nahm ein Handtuch, deckte damit die Lampe ab, bis es im Raum schummrig wie in einer Opiumhöhle war und begann, sich ganz vorsichtig nach Gefühl zu rasieren...

Die rigorose Ablehnung von Chantal beschäftigte die Gemüter des Personals noch immer. Niemand stellte Elenors Autorität in Frage, aber es liegt in der Natur des Menschen, das Unergründliche herausfinden zu wollen. Weiter als bis zu der Erkenntnis, daß Madame manchmal ebenso dominant auftreten und Menschen einschätzen konnte, wie es Chantal vermutlich früher in ihrem Beruf gekonnt hatte, kam man aber nicht. Da Madame Gesprächen über frühere Zeiten gerne aus dem Weg ging, wollte man bei passender Gelegenheit nachsehen, ob nicht in den Akten ein Hinweis zu finden wäre, für den Moment schien es besser, die Sache ruhen zu lassen.

Inzwischen waren einige Wochen vergangen, und die Neuen hatten sich als Mitglieder eingefügt und entwickelten sich, jeder auf seine Weise. John, der männliche Eleve, der sich in der Welt des Tanzes selbst als Frau begriff, entwickelte seine Technik zusehends, so daß er den Frauen im Spitzentanz in nichts nachstand. Er war in der einzigartigen Atmosphäre des Instituts immer weiter aufgetaut und nahm die Dinge locker, ohne deswegen aber seine Präzision zu vernachlässigen. Madame ließ sich vom Personal berichten und schaute ab und zu in den Klassen vorbei. Sie erfuhr, daß John hin und wieder in den Pausen zum Vergnügen der anderen die weibliche Rolle übertrieb und Gefallen an der Reaktion seines Publikums fand. Das war eine Inspiration für sie. Inzwischen war klar, daß John in seiner Freizeit lieber Mann war und daß sich das auch nicht mehr ändern würde, aber Bühnentanz verwandelte ihn zeitweise in ein weibliches Wesen. Madame mußte nun noch ein Detail herausbekommen, um ganz sicher zu sein. Sie erwähnte scheinbar ganz beiläufig in Johns Gegenwart gegenüber jemand vom Personal, daß ihr die Einstellung der russischen Tänzerinnen eigentlich viel besser gefiele als die der in Westeuropa. Die gingen sogar dezent geschminkt zum ganz normalen Training. Der Lohn dafür bliebe nicht aus, dort seien sie für viele Menschen Stars, nicht nur für ein kulturell interessiertes Publikum. Die weibliche List ging auf, und man konnte beobachten, daß John sich, mit Rat und Tat von anderen Mitgliedern unterstützt, vorsichtig zu schminken begann. Madame wußte nun genug und begann an ihrem Schreibtisch eine Korrespondenz.

Einige weitere Wochen später bat sie John, nach dem Training noch alleine mit ihr im Übungssaal zu bleiben. Er hatte sich dezent geschminkt und war für das Training mit einem Haarreif und Stulpen ausgerüstet. Für heute war es genug, er hatte die Spitzenschuhe ausgezogen und hatte in Schläppchen gewechselt, das elegante Leiden auf Spitze ging erst morgen wieder los. Zum philosophieren darüber, woher seine Haßliebe zu diesen nur äußerlich samtig-weichen Folterwerkzeugen kam, blieb ihm kaum Zeit. Zu seiner Verwunderung betrat weiteres Personal den Raum. Jemand kam mit etwas, das in Geschenkpapier verpackt war. Ob die sich in seinem Geburtstag geirrt hatten? Madame nahm das vermeintliche Geschenk und sprach: "Wir sind hier Experten darin, zu erkennen, was in jemand steckt, und es ist unsere Aufgabe, dies zu fördern. Dem wollen wir auch bei dir nachkommen, aber manchmal bedeutet so etwas auch eine Trennung, die uns schmerzt. Trotzdem habe ich seit einiger Zeit eine Korrespondenz ganz in deinem Sinne geführt, von der du noch keine Kenntnis hast. Du findest in diesem kleinen Päckchen eine DVD und einige Papiere. Es ist mir gelungen, dir ein Stipendium bei einer Ballettcompagnie in Monte Carlo zu vermitteln, in der ausschließlich Transvestiten die Frauenrollen verkörpern. Auf der DVD kannst du dir einen Eindruck von Ihrer Arbeit machen. Es ist absolut seriös, die Truppe hat schon einige Preise gewonnen, geht regelmäßig auf Tournee und tritt in den großen Häusern auf. Zum Glück ist unsere Gesellschaft inzwischen so weit, daß sie diese Kunstform nicht nur duldet, sondern auch reichlich mit Applaus belohnt. Du hast dich in die klassischen weiblichen Rollen des Balletts bereits etwas eingearbeitet, und dein Spitzentanz ist sehr gut. Sie suchen dort Menschen wie dich, und dir kann es nicht schaden, wenn du ein wenig in der Welt herumkommst."

Mit diesen Worten wurde John das Päckchen überreicht und das Personal gratulierte ihm. Es dauerte noch bis in die Nacht, in der er nicht schlafen konnte, bis er den Strudel der Gefühle wieder entwirren konnte. Madame hatte sich nicht in ihm geirrt, er machte ihr Ehre, einige Jahre später stand ein weiterer kleiner Bilderrahmen auf ihrem Schreibtisch. Darin sah man ein Bühnenfoto vom Solo des Sterbenden Schwans, mit einer handgeschriebenen Widmung von Joanna.

Madeleine war froh, im Institut untergekommen zu sein. Viele hier hatten offensichtlich Probleme, und reich war niemand. Aber war sie besser dran, nur weil sie sonst in einer vergoldeten Umgebung lebte? Die Menschen hier kamen ihr ehrlicher und warmherziger vor. Tagsüber war sie mit dem Training gut beschäftigt, aber abends lag sie in ihrem Zimmer oft noch alleine wach auf dem Bett und haderte mit ihrem Schicksal. Es gab dann Momente, in denen sie keinen klaren Gedanken fassen konnte, spontane Erinnerungen blitzten auf, gegen die sie nichts unternehmen konnte. Heute mußte sie merkwürdigerweise an eine Ballerina des vergangenen Jahr-hunderts denken, der man nachsagte, sie habe sich zu Trainingszwecken manchmal nachts die Beine in einer bestimmten Stellung am Bett festbinden lassen. Das hatte sie einmal in einem Buch gelesen. Der Gedanke vermischte sich wie im Traum mit ihrem kürzlichen Mißgeschick, wegen dem sie sich nun hier versteckte. Schuldgefühle erfaßten sie, sie dachte daran, daß sie eine Strafe für ihr Verhalten verdient hätte, das noch einmal gerade gutgegangen war. Wie es sich wohl auf der anderen Seite für ihr Opfer angefühlt hatte? Diese Tatenlosigkeit war das Schlimmste, sie fühlte, daß sie etwas tun müßte, dann würde es ihr besser gehen. Ihr Verstand unterlag ihren Gefühlen, und sie war wie in Trance.

Sie hatte vorhin geduscht und war alleine, daher hatte sie nur einen Satinbademantel übergeworfen. Sie griff in den Schrank und entnahm ihm einen Tanga aus schwarzer Spitze, ein paar ganz neue, teure schwarze Strümpfe mit Naht und aus dem untersten Fach einige benutze Strümpfe mit kleinen Fehlern, die ihr zu schade zum Wegwerfen gewesen waren. Sie legte den Bademantel ab und zog den Tanga und die Strümpfe genüßlich an, sie brauchte dieses Gefühl von teuren Dessous einfach, kratzenden Billigkram würde sie nie an ihren Körper lassen. Schuhe waren im Institut Pflicht, und sie hatte sich daran schon so gewöhnt, daß sie ein Paar heraussuchte, obwohl sie alleine war. Ihre spontane Wahl fiel auf ein paar Ballettschuhe aus Leder in weinroter Farbe, die einen schönen Kontrast zu den schwarzen Strümpfen bildeten. Sie waren zusätzlich mit einem ganz flachen Absatz ausgestattet worden, so daß sie ein Zwischending zwischen Ballett- und Charakterschuh darstellten. Bänder waren in passender Farbe angenäht. Die Schuhe waren eigentlich etwas zu klein, aber was sollte es, für den Moment würde es gehen, und sie schnürte die Bänder fest und machte wie immer einen doppelten Knoten.

Sie sah sich ihr altmodisches Bett an, welches eine Metallgestellkonstruktion war. Ohne sich weiter zu besinnen, nahm sie ihre Sammlung von alten Strümpfen und knotete je einen Strumpf an einer Ecke des Bettes fest. An den oberen beiden Ecken knotete sie Schlaufen, die sich zuziehen ließen, wobei sie darauf achtete, daß das Stück zwischen Bettgestell und Schlaufe möglichst kurz ausfiel. In der Strumpfsammlung fand sich überraschend auch noch eine Strumpfhose mit einer Laufmasche, die sie ganz vergessen hatte. Sie knotete ein Bein zu einem Knäuel zusammen, beließ das andere aber lose, und legte sie auf dem Bett ab. Es trieb sie um. Ohne sich um einen BH oder sonstige weitere Kleidung zu kümmern, setzte sie sich auf das Bett. Sie spreizte die Schenkel und verknotete ihre makellosen Beine, die in den Schuhen und Strümpfen noch eleganter aussahen, an den Knöcheln mit den Strümpfen, daß diese nun an den Bettecken fixiert waren. So lag sie einen Moment da und ließ es auf sich wirken. Was der sich angestellt hatte, so schlimm fühlte es sich auch wieder nicht an. Oder war das noch nicht der Gesamteindruck? Jetzt wollte sie es genau wissen. Sie steckte sich das Strumpfhosenknäuel als Knebel in den Mund, den es einigermaßen ausfüllte. Das war nicht echt genug, sie hätte es leicht ausspucken können. Also nahm sie das lose Bein, schlang es um den Kopf und band es stramm fest. Das zusammengeschnürte Nylon schnitt etwas in den Mundwinkeln ein. Das Knäuel in ihrem Mund begann, ihren Speichel aufzusaugen. Aber der Knebel saß nun richtig. Jetzt noch rasch den letzten Schritt, um sich ganz in die Rolle fallen zu lassen. Sie hatte die Schlaufen für ihre Handgelenke fast schon etwas zu weit außen angebracht, sie konnte gerade noch so hineinschlüpfen. Nachdem ihr das gelungen war, zog sie vorsichtig daran, und alles saß, wie es sollte.

Sie konnte nicht anders, sie wand sich hin und her und spürte die Macht ihrer Fesseln. Sie versuchte halbherzig, einen Laut von sich zu geben, um wie erwartet festzustellen, daß der Knebel effektiv war. Nach einigen Minuten fand sie die Sache aber doch recht unbequem. Sie versuchte, eine Hand zu entlasten, um ihr Handgelenk aus der Schlinge zu ziehen. Sie hatte die Schlingen so weit auseinander angebracht, daß sie kaum Spiel hatte. Außerdem hatte sie die Knoten so angebracht, daß die Schlinge sich immer weiter zuziehen konnte. Als sie sich in ihren Fesseln gewunden hatte, war genau dies geschehen. Panik stieg in ihr auf. Sie versuchte es mit der anderen Hand, aber ohne Erfolg. Sie konnte eine Hand nicht mit der anderen erreichen. Selbst ihren Kopf brachte sie nicht in die Nähe der Handgelenke, was hätte es auch genutzt, durch den Knebel hätte sie ihre Zähne nicht benutzen können. Sie versuchte eine Zeitlang, die ihr wie eine Ewigkeit vorkam, mit Nachdenken und vorsichtigen Bewegungen aus ihrer Selbstfesselung zu entkommen. Als auch die letzte Hoffnung verflogen war, bekam sie einen Wutanfall und zerrte wie eine Verrückte an ihren Fesseln. Schnell ließ sie wieder davon ab, denn die Strümpfe schnitten ihr schmerzhaft ins Fleisch. Inzwischen machte sie sich keine Gedanken mehr um den Skandal, sie wollte nur noch hier raus. Sie holte durch die Nase tief Luft und versuchte, um Hilfe zu schreien, aber es klang wie durch Watte, niemand würde sie hören. Sie mußte sich damit abfinden, die Nacht in ihrer hilflosen Lage zu verbringen, bis sie am nächsten Morgen jemand befreien würde. Sie döste dahin, aber die Nacht war lang und hielt noch Schrecken parat. Ihr Mund war inzwischen völlig ausgetrocknet und brannte wie Feuer. Was der Knebel an Speichel nicht aufgesaugt hatte, lief an den Mundwinkeln herunter. Die zu kleinen Ballettschuhe ließen ihre Füße schmerzen, und da sie sie mit den Bändern idiotischerweise fest fixiert hatte, konnte sie sie unmöglich abstreifen. Ständig bewegte sie ihre Füße und Zehen, um durch eine andere Stellung vielleicht etwas Linderung zu bekommen. Dann kam, schleichend, aber trotz aller Willenskraft auf Dauer nicht aufzuhalten, das Schlimmste. Sie mußte wider Willen der Natur ihren Lauf lassen und besudelte erst ihren Tanga und näßte dann das Bett ein. Sie roch es und fühlte die Wärme, und sie schämte sich unendlich. Immerhin, schlimmer kam es nun nicht mehr, und gegen Morgen schlief sie völlig fertig dann doch noch ein.

Am anderen Morgen war es ein männliches Mitglied des Instituts, welches Madeleine vermißte und in ihr Zimmer ging, um nachzusehen, wo sie steckte. Leise öffnete er die Tür. Was er da im Halbdunkel der zugezogenen Vorhänge erblickte, schien ihm aus einem seiner Träume entsprungen zu sein. Da lag eine Göttin, mit festen Brüsten, unendlichen Beinen und nur mit den Sachen bekleidet, die ihm so viel bedeuteten. Sie war so gefesselt, daß ihr Körper prächtig zur Geltung kam, und sie konnte nichts dagegen tun. Sie war stramm angebunden, geknebelt und überdies schien sie zu schlafen. Er bemerkte gar nicht, wie seine Hand den Weg in sein Beintrikot fand und begann, seine Männlichkeit zu bearbeiten. Das war ein wahrgewordener Traum. Er wandte sich den Einzelheiten zu, inzwischen hatten sich seine Augen an das Zwielicht gewöhnt. Wie auch immer dieses wundervolle Geschöpf in die mißliche Lage geraten war, es schien sich schon eine Weile darin zu befinden. An den Mundwinkeln und Gelenken war alles wund, man konnte es sogar durch die Strümpfe sehen. Das machte die Sache nur noch aufreizender für ihn. Solche verführerischen Balletteusen gehören schließlich gefesselt, dachte er. Die Schuhe weckten sein Interesse. Eine Sonderanfertigung, das sah er gleich, und dies schien eine von den Frauen zu sein, die sich in alles hineinquetschen, damit ihre Füße kleiner wirken.

Es hielt ihn nicht länger, er trat näher und löste mit äußerster Behutsamkeit - soweit seine zitternden Finger dies erlaubten - die Bändern von einem der Schuhe, was nicht einfach war, weil der fest verknotete Strumpf teilweise darüber lag. Es gelang ihm, Madeleine einen Schuh auszuziehen, ohne daß sie erwachte. Gebannt sah er, wie der Schuh über längere Zeit die bestrumpften Zehen zusammengepreßt hatte. Auch nach dem Ausziehen behielten sie diese Form für den Moment bei. Die Tortur hatte auch zur Folge, daß ihm deutlicher Schweißgeruch in die Nase stieg. Diesen Geruch seines Idols, daß er wohl nie wieder so in der Realität sehen würde, wollte er ganz auskosten. Um die Hände freizuhaben, nahm er den Schuh, kreuzte die Bänder hinter dem Kopf und verknotete sie. Die Schuhspitze steckte er in den Mund und der Ansatz der Bänder am Schuhrand kam in Nasenhöhe zu liegen, so daß die Schuhferse nach oben zeigte. Er atmete den femininen Angstschweiß tief ein und begann erneut, in seinem inzwischen zum Platzen engen Beintrikot herumzufummeln, mit guten Aussichten, so dem Höhepunkt in erreichbare Nähe gerückt zu sein. Inzwischen zeichnete sich bereits ein von innen durchgefeuchteter Fleck auf seinem Beintrikot ab. Unerwartet ließ Madeleine ein leises Stöhnen hören, nur eine Sekunde lang. Das war der letzte Kick, den er noch brauchte.

Es zischte hörbar und sein Hintern brannte wie Feuer. Er war so mit sich selbst beschäftigt gewesen, daß er die nahende Madame nicht bemerkt hatte. Sie bereitete der Szene mit ihrem Rohrstock ein jähes und unrühmliches Ende. Er fühlte sich im nächsten Moment von hinten an beiden Ohren gepackt und fand erst wieder in seinem Zimmer zu sich, als Madame die Tür von außen abschloß. Elenor hatte heute verschlafen und war schon deswegen nicht gut gelaunt. Nur der Zufall hatte sie heute hier vorbeigeführt. Der Tunichtgut würde ihr nicht weglaufen, sie eilte zurück, um nach Madeleine zu sehen, die ihrer Hilfe eher bedurfte. Sie stürmte ins Badezimmer und fand auf Anhieb eine Nagelschere, mit der sie die Fesseln und den Knebel in Stücke schnitt. Davon erwachte Madeleine, Elenor setzte sie auf, sie hustete und spuckte. Dann rieb sie sich ihre Gelenke und sah zu, daß sie den zweiten Schuh loswurde. Von dem ungebetenen Gast hatte sie nichts mitbekommen, aber Madame war die Situation in diesem Moment noch unklar. Während sie Madeleine zu trinken gab, ihr die Strümpfe auszog und die wunden Stellen eincremte, erfuhr sie es.

35

"Es war ganz allein meine Dummheit, ich war die ganze Zeit alleine."
Madeleine wurde bewußt, daß sie sich eingenäßt hatte und daß sie Madame
oben ohne gegenübersaß. Die Schamesröte ergriff von ihr Besitz. Elenor zog
rasch ihren Blazer aus, obwohl sie heute durch den hektischen Tagesbeginn
darunter selbst nur spärlich bekleidet war, und legte ihn Madeleine über. Die
fing sich wieder etwas und berichtete in kurzen Worten, wie sich alles
zugetragen hatte. Elenor verschwieg den Voyeur, um sie nicht noch mehr zu
verängstigen. Sie blieb bei Madeleine, bis sie überzeugt war, daß ihre
Gesundheit keinen bleibenden Schaden genommen hatte. Bevor sie sie in die
Dusche entließ, war aber noch eine Standpauke fällig.
"Ich habe ja gemerkt, daß du einen stummen verzweifelten Schrei aus-
gesendet hast, deswegen habe ich dich aufgenommen. Aber um Himmels
willen, das mußtest du doch nicht wörtlich nehmen, und vor allem nicht im
Selbstversuch."
Inzwischen war Andrea hinzugekommen, hielt sich aber instinktiv im
Hintergrund. Madames Top saß nicht richtig, an der Schulter blitzte ein
kleine Ecke eine Tätowierung hervor, die sie noch nie bemerkt hatte.
"Du hättest ersticken können, die Blutzirkulation hätte gestoppt werden
können. Das war richtig gefährlich. Nur Dilettanten fesseln so." entglitt es
Madame. Das kam Andrea nicht minder merkwürdig vor als ein Tattoo bei
einer Ex-Tänzerin. Darüber mußte sie nachher unbedingt mit Ingrid
sprechen.
"Wir werden das Training dazu nutzen, dir die Disziplin und Körper-
beherrschung beizubringen, die du nicht nur für das Tanzen brauchst,
sondern auch dafür, daß dir dein Körper nicht wieder einen Streich spielt.
Weder dir selbst noch zum Schaden anderer."
Sie wandte sich zu Andrea.
"Bleib du noch eine Weile bei ihr. Ich muß nach einem anderen Mitglied
sehen, das ein Problem hat, genauer gesagt ein Problem mit mir." verkündete
sie unheilvoll und war verschwunden.

Madame schloß das Zimmer auf, trat ein, schloß wieder ab und steckte den
Schlüssel ein. Sie hatte einen größeren Beutel und, merkwürdig genug, eine
große Blumenvase mitgebracht. Ohne Umschweife fragte sie den Missetäter:
"Du hast die Wahl: Sofort deine Sachen packen und rausfliegen oder eine
24stündige Strafe annehmen, egal welche, aber ich verspreche dir, daß
niemand davon erfahren wird."
Über Madames Strafen wußte niemand etwas, außer daß sie hin und wieder
vollzogen wurden, und gerade deswegen gab es die wildesten Gerüchte.
Aber die Angst vor dem unehrenhaften Rauswurf war noch größer.
"Die Strafe bitte, Madame."
"Geh aufs Klo."
Der seltsamen Anordnung wurde prompt Folge geleistet, wegen der
weichen Knie kam das nicht wirklich ungelegen.
"Zieh alles aus, bis du nackt bist, vor allem deine befleckte Tanzstrumpf-
hose."
Der Möchtegern-Macho von einer Stunde zuvor und sein männliches
Anhängsel wirkten nackt irgendwie kleiner. Madame hatte inzwischen die

Sachen aus dem Beutel auf dem Bett ausgebreitet.

"Gegen Fetischismus ist nichts einzuwenden, auch nicht gegen Dominanz und Unterwerfung im gegenseitigen Einverständnis. Aber daß du dich am Pech anderer aufgeilst statt zu helfen, lasse ich dir nicht durchgehen. Morgen früh um die gleiche Zeit wirst du eine ziemlich genaue Meinung davon haben, was geil ist und was nicht. Komm her."

Zum Entsetzen kam zuerst eine Windel in Erwachsenengröße zum Einsatz, die Madame erstaunlich fachgerecht anlegte und die Verschlüsse zuklebte. Etwas breitbeinig und sich ziemlich dämlich vorkommend, andererseits auch nichts Gutes ahnend, stand das männliche Wesen da.

"Hinsetzen."

Der nächste Gegenstand war nicht so harmlos, wie es auf den ersten Blick schien.

"Sieht aus wie eine normale hautfarbene Strumpfhose, ist aber eine Stützstrumpfhose. Sieh zu, wie du hineinkommst."

Mit Geduld und Mühe gelang es, der Druck war enorm.

"Ein paar schöne Schuhe habe ich auch für dich."

Mit einem verschlagenen Lächeln hielt Madame weiße Spitzenschuhe aus Leinen hin. Sie wirkten etwas klein.

"Wo sind die Zehenpolster?"

"Die wirst du nicht brauchen, die Schuhe passen dir nur ohne sie."

An die Schuhe waren nicht nur Bänder angenäht, sondern auch ein strammes Gummi, dessen beide Enden hinten an der Ferse befestigt waren. Die Schuhe waren eng und vor allem vorne innen sehr hart.

"Jetzt zum Hauptteil."

Madame zog ihm einen dunkelgrünen Samtbody an, eine der Spezialanfertigungen der Näherei, die sie für Fälle wie diesen unter Verschluß hielt. Der Body war ohne Beine genäht, der Schritt war etwas breiter als üblich gefaßt und der Beinausschnitt bewußt tief angesetzt. Nach dem Hineinsteigen zog Madame die langen Ärmel über. Diese mündeten vorne in samtbespannten fingerlosen Fäustlingen. In deren Inneren verbarg sich eine Kunststoffkugel, in die man mit schlanken Fingern und etwas Druck gerade so wie in einen Handschuh hineinkam. War die Hand darin, wurde am Schaft der Kugel innen eine Manschette festgezogen, deren Ösen von außen zugänglich waren und die mit einem kleinen Schlößchen gesichert wurden. Der Body hatte einen hohen Stehkragen, der Rückenreißverschluß reichte bis dorthin, ganz oben war wieder eine Öse angenäht, an der ein kleines Vorhängeschloß befestigt wurde.

"So, das war es. Du wirst die kommenden 24 Stunden hier im Stubenarrest verbringen, ohne etwas zu essen. Ich stelle dir hier diese Blumenvase mit Leitungswasser hin, in der Strohhalme stecken, damit du nicht verdurstest. Alle zwei Stunden wird jemand nach dir sehen, ansonsten bleibt die Tür verschlossen."

Madame nahm den Beutel, verließ den Raum und schloß von außen ab.

Diese 24 Stunden vergaß er nie mehr. Er konnte mit den Fäustlingen und der Windel absolut nichts mehr machen oder spüren. Er mußte immer noch an das Erlebnis von heute morgen denken und wurde steif, aber es nützte ihm nichts. In seiner Verzweiflung rieb er sich sogar am Türrahmen, aber vergebens. Mit fortschreitender Zeit plagten ihn die Dinge, die er an seinem zufällig aufgefundenen Opfer morgens noch hocherotisch gefunden hatte. Seine Füße begannen zu schmerzen, und er schob Kohldampf. Natürlich versuchte auch er, so lange wie möglich trocken zu bleiben, und genauso selbstverständlich mißlang der Versuch und er machte die Windel voll. Am nächsten Morgen war er mehr als reumütig und froh darüber, daß niemand einschließlich Madeleine von dem Vorfall erfahren würde. Bestimmt würde er nie mehr einen Anlaß geben, dieses Thema jemals wieder zur Sprache zu bringen.

Andrea und Ingrid hatten sich in einen größeren Raum zurückgezogen, der als Fotoatelier diente. Hier hatte sich kürzlich der kleine Punk in Szene setzen dürfen. Irgendetwas stimmte mit Elenor nicht, sie hielten Kriegsrat. "Wußtest du, daß sie eine Tätowierung hat? Keine Tänzerin würde sich so etwas antun. Jetzt ist mir auch klar, warum Elenor immer hochgeschlossen gekleidet ist."
"Als sie diese Chantal hinausgeworfen hat, und als sie heute die arme Madeleine aus ihrer mißlichen Lage befreit hat, lag etwas in ihrer Stimme, was keinen Widerspruch duldete. Sicher, sie ist es gewohnt, im Institut für Ordnung zu sorgen, das mußte sie schon immer, aber dieses Mal war es irgendwie anders. Fast hatte ich den Eindruck, daß sie mit dieser Chantal eine Facette gemeinsam hat."
"Wir wissen nicht viel über sie, außer daß sie früher einmal selbst getanzt hat und später von der Stiftung hier als Leiterin eingesetzt wurde. Sie scheint alle Verbindungen zu früheren Freunden aufgegeben zu haben."
"Glaubst du nicht, daß sie getanzt hat?"
"Doch, auf jeden Fall. Ich habe sie einmal tanzen gesehen, da besteht kein Zweifel."
"Ob wir es wagen sollten, sie auf das Thema anzusprechen?"
"Ich weiß nicht recht, so ganz ohne Anlaß - wenn wir zumindest einen Vorwand hätten."
"Laß uns doch in den Akten nachsehen, es müßte doch auch über sie etwas zu finden sein."
"So machen wir das, und dann sehen wir weiter. Wo wir gerade hier sind, inzwischen hat sich die magersüchtige Neuaufnahme doch noch gemeldet. Wir können schon einmal darüber reden, wie wir vorgehen wollen, falls sie hierbleibt."

Das Fotoatelier hatte verschiedene Hintergründe, die sich von der Decke herunterlassen ließen. Die Wandseite dahinter wurde von einer Spiegelfläche bedeckt, so daß der Raum auch als kleiner Ballettsaal genutzt werden konnte. Anders als in den anderen Sälen war die Spiegelwand aber immer mit einem schweren Vorhang verhüllt. Dies geschah nicht nur, um ungewollte Reflexe des Blitzlichts abzuwenden. Es gab Menschen mit einer falschen Selbst-wahrnehmung, die sich für zu dick, zu dünn oder für nicht ansehnlich hielten. Bei Tänzerinnen, die sich ganz über ihren Körper definierten und die zuweilen in Hysterie verfielen, dieses Instrument immer weiter zu perfektionieren, kam es manchmal dazu, daß Ihnen ihr Kopf etwas anderes vorgaukelte, als sie waren. Schauten sie in einen Spiegel, erschien ihnen ihr Ebenbild gedrungen und breit, als wenn ein Besucher auf einem Jahrmarkt zum Amüsement im Spiegelkabinett in einen Zerrspiegel schaut.

Eine ganz andere Wahrnehmung gab es hin und wieder bei den Transgendern. Sie waren, was ihnen niemand verübeln konnte, so damit beschäftigt, sich selbst zu finden und zu erforschen, daß ihnen manchmal der Überblick abhanden kam. Typische selbstgeschossene Fotos waren dann nicht etwa die der ganzen Figur in einem Spiegel oder mit Selbstauslöser, sondern von oben herab nur auf Hüfte und Beine reduziert. Für solche und ähnliche Fälle nutzte Andrea ihre fotografischen Kenntnisse, um den Mitgliedern die wahren Sachverhalte plastisch vor Augen zu führen. Etwas Geschick im Umgang mit der digitalen Bildbearbeitung gehörte auch dazu. Bei den Transgendern war es manchmal geboten, sie damit zu konfrontieren, daß die Kamera nicht lügt und daß sie äußerlich noch nicht so weit waren, wie sie glaubten. Dann mußte man sie aber im gleichen Moment wieder auffangen und ihnen anhand einer Bildsimulation zeigen, daß ein etwas anderer Schminkstil, eine andere Frisur oder Perücke oder eine andere Körperhaltung sie viel besser aussehen lassen würde und vor allem, daß sie dieses Ziel erreichen konnten. Manchmal waren es nur Kleinigkeiten, etwa daß man die nun einmal proportional meist etwas größeren Hände nicht flach auf einem dunklen Kleid auflegen sollte, sondern die Finger elegant leicht gekrümmt halten sollte, um die wahre Größe zu verschleiern. Abschauen konnte man diesen Trick in jedem beliebigen Musical mit Fred Astaire. Bei den Mitgliedern, die mit ihrem Gewicht nach oben oder unten Probleme hatten und sich dies viel zu sehr zu Herzen nahmen, mußte man anders vorgehen.

Andrea hatte beispielsweise ein Mitglied, welches sich in Ballettsachen zu dick und daher lächerlich fand, abgelichtet, die Farbe der Kleidung geändert und digital einen anderen Kopf eingefügt. Diese Kunstfigur montierte sie dann in ein größeres Bild mit mehreren Personen in ähnlicher Kleidung, die bewußt nicht alle gertenschlank waren. Dann zeigte sie dieses Bild zusammen mit einigen anderen ganz beiläufig dem Mitglied und fragte allgemein, wer denn darauf eine gute Figur machte und wer nicht. Meistens funktionierte der Trick, und die schlechtesten Noten bekam irgendeine Person auf dem Bild, und das Mitglied selber bewertete sich im oberen Drittel. Dann wurde das Rätsel gelüftet, und es gab dann ja keinen Zweifel mehr darüber, daß das Mitglied objektiv gar nicht so schlecht aussah, sondern es sich nur selber eingeredet hatte. Im umgekehrten Fall, bei Ansätzen zu Untergewicht, half meistens nur die Überhöhung. Andrea hatte auf einer Fetisch-Seite Bilder von extremen Korsettierungen gefunden. Sie fügte den Mittelteil des Körpers in das Foto des Mitglieds ein, zeigte das Resultat vor und fragte, ob es denn so aussehen wollte, wenn es könnte. Meistens wurde dann abgewehrt, daß ja so unästhetisch keine Tänzerin aussehen würde, und dem Mitglied wurde bewußt, daß es sich ein nicht erstrebenswertes Ziel gesetzt hatte.

4 - Die Vergangenheit erwacht

Elenor hatte in den letzten Nächten unruhig geschlafen, war manchmal hochgeschreckt und kam morgens nicht aus den Federn. Sie mußte sich eingestehen, daß ihr die Begegnung mit Chantal noch in den Knochen saß. Wenn es zukünftig noch einmal so eine Begegnung geben würde, dann würden es alle merken, daß sie etwas zu verbergen hatte. Wenn die Dinge nicht ohnehin schon ihren Lauf genommen hatten. Sie mußte sich der Sache stellen, vor allem vor sich selbst, sonst würde sie es später auch nicht vor anderen tun können.

Sie wartete ab, bis abends allgemeine Ruhe im Haus eingekehrt war und kein Mensch mehr störende Schwingungen aussandte. Dann kramte sie in ihrem Wäscheschrank nach einem altmodischen großen Schlüssel und einer nicht minder antiquierten elektrischen Keramiksicherung und begab sich in die ausgedehnten Kellerräume, ganz folgerichtig für eine 'Leiche im Keller', kam ihr in den Sinn. Der Großteil der Räume stand leer, unter anderem, weil die Luftfeuchtigkeit in einem so alten Gebäude nie ganz in den Griff zu bekommen war und gelagerte Gegenstände angriff. Einige alte Möbel standen herum, und es gab ein Weinregal. Sie schritt durch weitere Räume, die mit zunehmender Entfernung gänzlich leer waren. Sie kam zu einem kleinen Trakt, an dessen Eingang sie den Lichtschalter betätigte und es erwartungsgemäß dunkel blieb. Sie öffnete den Sicherungskasten an der Wand, setzte die mitgebrachte Sicherung ein und es wurde Licht. Sie prüfte die Staubschicht und kam zu dem Schluß, daß längere Zeit niemand hiergewesen war. Sie schritt weiter und ging am Flurende auf einen abgenutzten Kleiderschrank zu, der früher einmal vielleicht die Roben von Richtern beherbergt hatte. Sie öffnete die Flügeltüren. Der Schrank hatte keine Rückwand, hinter ihm wurde eine Tür sichtbar. Elenor schloß das alte schwergängige Schloß auf, öffnete die Tür und stieg durch den Schrank in einen kleinen Raum. Die Luft war muffig, darum ließ sie die Türen offen. Sie fröstelte, obwohl sie sich ein Tuch übergeworfen hatte. Diesen Raum hatte sie eigentlich nicht wieder betreten wollen. In ihm befand sich ein klappriger Tisch mit einer alten Bürotischleuchte darauf und ein Stuhl. Auf dem Boden standen mehrere größere Aluminiumboxen, wie man sie für Expeditionen oder Messegüter verwendet, und die luftdicht verschlossen werden konnten. Sie waren mit Nummern gekennzeichnet. Sie öffnete die Deckel von zweien und mußte nicht lange suchen. Sie war sich der Symbolik bewußt, als sie den Boxen behutsam, ja andächtig zwei Gegenstände entnahm, die sie auf den Tisch legte, nicht ohne zuvor den Staub beiseite gewischt zu haben. Sie setzte sich. Vor ihr lag ein eigens für sie maßangefertigtes Paar Spitzenschuhe, in glattem schwarzen Leder, welches auch die Kappen bedeckte, mit schwarzgefärbter Sohle, verlängertem Block und mit einer Einfassung und Nähten in feuerroter Farbe, die als feine Linien vom Untergrund abstachen. Daneben lag aufgerollt eine lange geflochtene schwarze Lederpeitsche, an deren Ende sich ein flaches Stück Leder mit daran angebrachten Nieten befand. 'Das bin ich, links Elenor und rechts Madame' dachte sie. Sie hatte versucht, beides zu trennen, und das war ihr lange gelungen. Aber nun saß sie hier und konnte

41

nicht leugnen, daß beides in ihr war. Chantal war der Auslöser gewesen, denn Elenor war ihr in ihrem früheren Leben bereits einmal kurz begegnet. Elenor hatte damals eine Maske getragen, trotzdem fürchtete sie, an ihren Bewegungen oder ihrer Stimme erkannt zu werden. Wenn das herauskäme, wäre sie für das Institut untragbar, aber ohne ihr unkonventionelles Wirken könnte das Institut nicht existieren. Es wäre das Ende. Auf der Suche nach einer Antwort, wie es weitergehen sollte, ließ sie ihr Leben Revue passieren.

Sie war ohne Vater aufgewachsen. Ihre Mutter war kunstsinnig, aber die Verhältnisse waren bescheiden. Elenor hatte den Kunstverstand ihrer Mutter geerbt und brachte die körperlichen Voraussetzungen mit, so daß der Versuch unternommen wurde, sie in die Ballettschule zu schicken. Sie machte sich dort gut, und ihrer Mutter gelang es doch immer irgendwie, ihren Unterricht zu bezahlen, wofür sie ihr unendlich dankbar war. Ihre Mutter liebte sie, aber Streicheleinheiten gab es nur wenige, vermutlich hatten Kriegserlebnisse zu sehr an ihr gezehrt. Wenn sie in der Ballettschule erfolgreich war oder Erlerntes zu Hause gekonnt vorführte, sah sie ein Leuchten in Mutters Augen, daß sonst nie da war. Das spornte sie weiter an. Elenor wuchs heran und hatte das Glück, ein Stipendium zu ergattern, was allerdings auch bedeutete, daß sie sich von ihrer Mutter trennen und in einem Internat wohnen mußte. Sie war kaum ein paar Monate dort, als ihre Mutter unerwartet verstarb. Der Tanz war nun alles, was ihr noch geblieben war, und egal wie sehr die Füße schmerzten, dafür lebte sie. Durch ihre Disziplin und ihren Fleiß schaffte sie es als junge Erwachsene bis zur Berufstänzerin im Corps de Ballet einer Großstadt. Das war weiter als viele andere vom Internat es gebracht hatten, und sie war überglücklich, dem Publikum ihre Kunst darbieten zu können. Dann ging es auf ihren dreißigsten Geburtstag zu, und inzwischen fürchtete sie nichts mehr als die nachrückende jüngere Generation von Tänzerinnen. Nach nur einem Drittel ihres Lebens wurde ihr klar, daß ihr Traum sich dem Ende zuneigte. Nach Ende der Karriere konnte nicht jede Tänzerin Lehrerin werden, in einigen Jahren wäre alles vorbei. Dazu kam eine weitere Torschlußpanik. Als Mädchen auf dem Weg zur Frau hatte sie sich nicht um die Männerwelt geschert, sie war so im Ballett aufgegangen und hatte ihren Körper so getrieben, daß sogar ihre Menstruation zuweilen ausgeblieben war.

Das körperliche Vergnügen wollte sie nicht auch noch versäumen, und so begann sie, sich herumzutreiben. Nicht naiv, sondern die Dinge durch ihre disziplinierte Brille realistischer sehend als der sich blindwütig verliebende Durchschnittsmensch, wußte sie die Männer bald um den Finger zu wickeln. Im weiteren Verlauf dieser Phase nahm ihre Fähigkeit, auf Männer Einfluß zu nehmen, im Verhältnis dazu zu, wie ihre tänzerischen Leistungen aufgrund durchgemachter Nächte und altersbedingt abnahmen. Inzwischen war sie aufgrund ihres hübschen Körpers auch einige Male als Partygirl von Menschen eingeladen worden, die sie nicht fragen würde, womit sie ihr Geld verdienten. Eine Feier hatte als geschlossene Gesellschaft in einem Nachtclub stattgefunden. Es kam nicht oft vor, aber aus Frustration darüber, daß niemand sie richtig beachtete, hatte sie an diesem Abend mächtig einen über den Durst getrunken. Die versammelten Gäste nahmen zu später Stunde den äußeren Rahmen des Clubs zum Anlaß für allerlei schlüpfrige Witze, obwohl keinerlei käufliche Damen oder Ähnliches anwesend waren, denn der Club hatte sonst wochentags nicht geöffnet.

Vielleicht aus diesem Mangel heraus erklomm plötzlich ein ebenfalls beschwipster weiblicher Gast die ungenutzte Bühne, riß sich die Kleidung bis auf Dessous und High Heels vom Leibe und begann, an der Stange eine Table Dance-Nummer zu imitieren. Es war zu sehen, daß auch ohne den Einfluß des Suffs der Wille und der Wunsch nach Aufmerksamkeit die akrobatischen Fähigkeiten weit überwogen, um es dezent auszudrücken. Als die Frau auch nach einem Anerkennungsapplaus nicht die Bühne räumen wollte, ging sie Elenor schon schwer auf die Nerven, ihr taten vom Zusehen richtig die Augen weh. Elenor trug heute einen Hosenrock, Ballerinas und ein äußerst knappes Top, welches vor einem Jäckchen vor zu intimen Blicken geschützt wurde. Sie hatte nun endgültig die Geduld verloren. Sie stürmte Richtung Bühne und warf auf dem Weg dorthin ihr Jäckchen einem Herrn mit Glatze über den Kopf (daran konnte sie sich später noch erinnern). Oben angekommen, herrschte sie die verblüffte Frau so entschieden an, daß diese die Flucht ergriff und begann, ihre Kleidung wieder einzusammeln. Elenor legte unter Aufbietung ihrer ganzen Disziplin, die gegen ihren Alkoholpegel ankämpfte, ein gefühlsbetontes Solo an der Stange hin, welches sie in bekleidetem Zustand sinnlicher verkörperte als ihre halbnackte Vorgängerin. Wo andere ihre Bewegungen High Heels zu verdanken hatten, machte sie durch Kraft und Technik ohne diese Furore. Sie begeisterte einige Minuten lang und war instinktiv klug genug, danach abzutreten. Es gab donnernden Applaus, und es wurde später noch lange darüber gesprochen.

Anderntags hatte sie einen Riesenkater, verschlief und meldete sich krank. Eine Weile ging es mit solchen Eskapaden gut, dann kam, was sich immer mehr angekündigt hatte. Sie flog aus der Compagnie, statt ehrenhaft verabschiedet zu werden, und sie büßte ihre Kontakte dort ein, weil man über ihre Disziplinlosigkeit die Nase rümpfte. Nun stand sie ohne Job und Freunde da. Alles, was sie konnte, war tanzen und die Männer begeistern. Aber sie würde sicher nicht in einem Nachtclub enden, das schwor sie sich. Trotzdem waren die Leute, die die Partyszene organisierten, für den Moment der einzige rettende Strohhalm. Ganz wohl war ihr nicht bei der Sache, weil es dort neben Licht auch viel Schatten gab. Sie telefonierte herum und traf einige Menschen im Cafe. Unter anderem war einer dabei, der ihren denkwürdigen Auftritt im Nachtclub miterlebt hatte. Er kam gerade von einem guten Geschäft, wie er sagte, war bester Laune und hatte eine elegante, aber unnahbare Dame im Schlepptau, die er als langjährige gute Freundin vorstellte. Ihre Lieblingsfarbe schien schwarz zu sein, der Kleidung nach zu urteilen. Die Unterhaltung war nett, aber Elenor hatte das Gefühl, es würde kein Job für sie dabei herumkommen. Die Dame sagte nicht viel, schien möglicherweise etwas gelangweilt, hörte aber aufmerksam zu. So, wie

Mütter stets die gleichen Geschichten ihrer Kinder immer wieder hervor-
kramen, wurde hier Elenors Auftritt noch einmal zum Besten gegeben. Sie
kommentierte ihn damit, daß sie nun einmal klassisch ausgebildete Tänzerin
sei und ihr der Auftritt der anderen Dame so mißfallen hätte, als wenn ein
Literaturprofessor die Klassenarbeiten von Erstkläßlern korrigieren müßte.
Unerwartet brach die Dame in schallendes Gelächter aus und wirkte nicht
mehr ganz so streng. Sie gab Elenor zum Abschied ihre Visitenkarte, auf der
nur ganz neutral das Wort 'Studio' und eine Anschrift zu lesen war. Sie
meinte, sie solle sich dort morgen um zehn Uhr bei ihr einfinden.

Gesagt, getan. Die Anschrift entpuppte sich zunächst als Bürohaus in einer
städtischen Gegend, in der es früher viel Verwaltung gegeben hatte, aber aus
der in den letzten Jahren eine Abwanderung dieses Geschäftszweiges zu
verzeichnen war, teils aus Platzmangel, teils weil es einfacher war, neue
Gebäude nach dem Stand der Technik auf der grünen Wiese zu bauen.
Elenor fand wiederum nur ein Schild mit der knappen Bezeichnung 'Studio',
klingelte, trat ein und fuhr mit dem Aufzug ins alleroberste Stockwerk. Dort
wartete die Dame von gestern, die sich als 'Lady C.' vorstellte. Sie ließ Elenor
jedoch nicht ins Studio ein, sondern ging mit ihr den Flur entlang, öffnete
eine Tür und geleitete sie auf eine Dachterrasse mit einer wunderschönen
Aussicht über die Stadt.

"Hierhin gehe ich, wenn ich kurz abschalten oder nachdenken will. 'Lady C.'
ist mein Künstlername, und wie du möglicherweise schon ahnst, handelt es
sich bei meinem Studio nicht um eine Werbeagentur oder ein Fotoatelier. Ich
betreibe hier ein SM-Studio, und ein gutes dazu, mit hochkarätiger
Kundschaft. Meine persönliche Neigung und mein Geschäft möchte ich
Menschen wie dir, die keinen Bezug dazu haben, nicht aufdrängen. Darum
habe ich dich erst einmal auf die Terrasse gebeten. Du kannst jederzeit
gehen, und es hat niemand von meinen Angestellten bislang dein Gesicht
gesehen. Ich denke, das ist fair."
"Ich bin überrascht, aber ich muß sagen, das ist wirklich fair und macht auf
mich einen seriösen Eindruck. Was erwartest du denn von mir? Ich werde
weder als Prostituierte arbeiten noch Table Dance vorführen, wenn es darauf
hinauslaufen sollte."
"Das sollst du auch gar nicht, dazu habe ich genug Angestellte, die da
überhaupt keine Hemmungen haben. SM hat außerdem oft nichts mit
Geschlechtsverkehr zu tun, ist dir das klar?"
"Aber....ich....."
"Schon o.k., hier der Schnellkurs: Warum geht jemand auf die Achterbahn
oder wird zum Fallschirmspringer? Weil es wohlig körperlich gruselt, aber
man im Hinterkopf weiß, daß einem nicht wirklich etwas passiert. Kann man
davon süchtig werden? Manche schon. Nichts anderes machen wir hier. Wir
bringen Menschen an Grenzerfahrungen und fangen sie dabei sicher auf. Das
ist eine große Verantwortung und erfordert Disziplin und handwerkliches
Geschick. Hinsichtlich Disziplin und Können ist es dem Tanzen gar nicht
einmal so unähnlich, ohne dies geht weder Ballett noch SM. Ich bin hier die
Chefin und ich arbeite meiner Neigung gemäß als Domina."

"Das kann ich irgendwie logisch, wenn auch noch nicht gefühlsmäßig nachvollziehen. Aber ich weiß immer noch nicht, welche Rolle ich dabei spielen soll?"

"Das ist schnell erklärt. Kannst du dir vorstellen, wie es aussehen würde, wenn eine meiner Angestellten versuchen würde, etwas Ballettmäßiges vorzuführen, obwohl sie dafür überhaupt nicht ausgebildet ist? Es würde so eine Nummer dabei herauskommen wie die, die du im Nachtclub von der Bühne vertrieben hast, nämlich mäßiges Ballett statt Ballettmäßiges. Wir liefern hier nur Qualität und haben einen Ruf zu verlieren, so etwas würde ich nicht einmal versuchen. Wir haben nun hier einen devoten männlichen Gast, der ein richtiger Ballettomane ist. Das steht nicht im Gegensatz dazu, daß er ein feiner Mensch ist und wohlhabend zu sein scheint. Er kommt regelmäßig. Ich möchte dich nur für ihn engagieren. Während ich ihm gebe, was er braucht, kann er deine Tanzkunst bewundern. Er wird dich nicht einmal berühren, weil ich es ihm verbieten werde und weil er oft gefesselt sein wird. Ausgenommen vielleicht, wenn ich ihm gestatte, daß er die Spitzenschuhe küßt, das solltest du überleben."

"Aber wenn sich das herumspricht, was ich hier mache."

"Ich weiß ja auch noch nicht, ob er auf dich anspringt und ob du mit der Studioatmosphäre klarkommst. Ich hatte mir gedacht, wir machen einen Probetermin, bei dem du ihn als geheimnisvolle Schöne triffst. Dabei könntest du eine Maske tragen."

"Igitt, so ein Gummiding? Darin kriegt man bestimmt keine Luft. Ich habe von einem Bauchtanzkostüm noch einen Schleier, das macht sich besser."

"Sehr schön. Also willst du es wagen?"

"Das will ich. Außerdem kann ich hier sicher etwas fürs Leben lernen."

So nahm Elenors Leben eine Wende, von der sie nicht zu träumen gewagt hätte. Der erste Termin war ein Erfolg. Der Kunde war wirklich sehr nett, und Elenor verzog anfangs aus Mitleid hinter dem Schleier das Gesicht darüber, wie die Lady ihn erniedrigend ansprach und ihn zappeln und betteln ließ. Mit der Zeit begriff sie jedoch, daß er es so wünschte und nicht anders wollte, so war es für sie in Ordnung. Die Bezahlung war gut, und zusammen mit einem normalen Nebenjob hielt sich Elenor ganz gut über Wasser. Zu Hause machte sie täglich Exercise, um nicht außer Übung zu kommen. Es entwickelte sich ein Vertrauensverhältnis, und Elenor kam bald ohne ihren Schleier aus. Aus Neugier ließ sie sich von der Lady deren Handwerk erklären und sah manchmal bei Sessions maskiert zu. Dabei war ihr einmal Chantal begegnet, die als Gast-Domina dort war. Der Umgang färbte auch dahingehend ab, daß Elenor sich eine Tätowierung in Form eines kleinen roten Spitzenschuhs mit schwarzer Kontur auf dem Schulterblatt zulegte.

"Ich würde gerne ausprobieren, was unser Kunde dazu meint, wenn ich ihm als strenge Ballettlehrerin mit dem Rohrstock in der Hand gegenübertrete, während du dich etwas im Hintergrund hältst. Ich will dir aber deinen Rang als Domina nicht streitig machen und auch nicht mehr Geld. Wäre das o.k.?"

"Wenn es klappt, wird es ihn nur umso mehr an uns binden, mach einfach."

Den Plan, als Ballettlehrerin aufzutreten, verwarf Elenor wieder, ihr war noch etwas Besseres eingefallen. Für ihren ersten Auftritt als Göttin auf Spitze hatte Elenor bei den Kolleginnen im Studio ein paar Anleihen zur Kleidung gemacht. Sie trug einen schwarzen kurzen Tutu, der mit einer schwarzen Lackcorsage harmonierte, die enger aussah als sie war, so daß sie sich gut bewegen konnte. Sie hatte schwarze lange Lackhandschuhe an, die bis zum Oberarm reichten. Eine Netzstrumpfhose in dicker Bühnenqualität verschaffte ihren durchtrainierten Beinen Geltung. Sie trug Spitzenschuhe aus schwarzem Satin, mit einem vorne V-förmigen Ausschnitt und einem konischen Block mit kleiner Spitze, was ihre Füße entzückend klein erscheinen ließ, aber auch so anstrengend war, daß sie damit eine normale Bühnenaufführung nicht durchgestanden hätte. Sie hatte sich theatermäßig geschminkt, aber etwas weniger stark als üblich, da das Publikum in diesem Fall viel näher war. Da der einzige im ganzen Studio vorhandene Rohrstock am Vortag im Eifer einer Session zu Bruch gegangen war, hatte sie unter den reichlich vorhandenen Peitschen eine kurze Nagaika ausgewählt, die ihr beim Tanzen nicht hinderlich sein würde. Zur Kleidung völlig unpassend, aber zur Verführung perfekt geeignet, hatte sie von zu Hause noch eine CD mit der Ballettmusik aus Sheherazade mitgebracht, die im Hintergrund lief. Der Kunde, der nie seinen Namen nannte, wurde von der Lady mit verbundenen Augen in den Raum geführt. Er durfte es sich heute ziemlich bequem machen, indem er im Zentai mit Augenöffnungen erschien, indes stammte die Beule in Hüfthöhe vom sorgfältig abgeschlossenen Peniskäfig, wie Elenor wußte. Er trug schwarze Ballettschuhe mit angenähten Bändern, die unerhört stramm geschnürt zu sein schienen. Auf Weisung der Lady kniete er nieder. Seine Hände wurden mit Handschellen auf den Rücken gefesselt und mit einer Kette mit den Füßen verbunden, so daß er nicht aufstehen konnte. Dann wurde die Augenbinde abgenommen und Elenor begann mit ihrer Darbietung, die rund eine Viertelstunde dauerte. Der Platz war etwas beschränkt, aber es ging. Sie führte ihm alleine Figuren aus dem Pas de Trois der Haremsdamen vor. Als sie ihn dabei ansah, erblickte sie in seinen Augen ein Leuchten, das sie zuletzt vor vielen Jahren gesehen hatte. Nämlich als sie noch als Mädchen ihrer Mutter vorgetanzt hatte. Ihre Darbietung schien ihm wirklich etwas zu bedeuten. Die Passagen der Musik, die normalerweise die Handlung voranbringen, füllte sie mit klassischen Variationen aus, bei denen sie auch die Peitsche eingebaut hatte. Das Leuchten in seinen Augen wurde schwächer, aber an der Art, wie und wohin er sah, merkte sie, daß er sich mit Ballett auskannte. Er genoß zwar den Gesamteindruck, aber gleichzeitig schaute er genau hin, um alles in seine Bestandteile zu zerlegen und so herauszufinden, wie gut sie tanzte. Scheinbar gut genug, denn er schien recht zufrieden zu sein. Nach Abschluß der kleinen Vorstellung konnte er aus begreiflichen Gründen keinen Beifall spenden, aber er bat seine Lady darum, der Tänzerin ein Kompliment machen zu dürfen. Sie gewährte es und zauberte rasch einen flachen schwarz gepolsterten Hocker hervor. Elenor trat dahinter und stellte abwechselnd erst den einen und dann den anderen Fuß en pointe darauf. Der namenlose Kunde küßte ihre Füße durch die Netzstrumpfhose, er tat es mit Würde und Respekt ihr gegenüber. Ihr lief es kalt den Rücken hinunter. Sie machte ihrerseits zum Abschluß eine angedeutete Reverence und verließ den Raum.

Mit der Zeit entwickelten sich zwei Dinge parallel. Elenor lernte von C. von
der Pike auf das Handwerk einer Domina und vertrat sie sogar hin und
wieder. Es fiel ihr leichter als gedacht. Der Kunde hatte großes Zutrauen
gefaßt und bewunderte sie immer noch über alle Maßen. Er äußerte nun
auch eigene Wünsche. Sie mußte zum Beispiel als strenge Lehrerin in
züchtiger Kleidung, aber mit Minirock, mit einem langen Holzlineal in der
Hand auf Spitze herumtrippeln und ihn schließlich mit dem Lineal bestrafen.
Aber er wollte auch bestimmte Schrittfolgen sehen, aus denen Elenor schloß,
daß er wirklich Ahnung hatte, den er konnte sich Partien aus eher seltener
gezeigten Balletten wie Die Tochter des Pharao oder der Kameliendame ins
Gedächtnis rufen.

Bestimmt hätte die Verbindung dieser drei Personen noch lange Bestand
gehabt, doch eine Spekulation beendete sie. Ein Investor hatte das ganze
Gebäude gekauft, wollte es in ein Wohnhaus umwandeln und versuchte,
durch eine kräftige Mieterhöhung das attraktive Obergeschoß, in dem sich
das Studio befand, leerzubekommen, um es als teure Penthousewohnung
verkaufen zu können. Lady C. nahm es locker, sie hielt es ohnehin nicht ewig
an einem Platz, und so beschloß sie, für einige Zeit bei einer Freundin im
Ausland mitzuarbeiten. Ihre Angestellten konnte sie durch den guten Ruf
ihres Hauses relativ schnell bei anderen Studios unterbringen. Was sollte
nun aus dem Kunden und Elenor werden?

"Am besten redet ihr beide ganz offen darüber." hatte sie empfohlen. Der Rat
war mehr als gut. Elenor wußte nicht wie er es hinbekam, aber innerhalb
weniger Wochen hielt sie einen Schlüssel in der Hand. Er hatte einen
Lagerraum gemietet, Parkett legen lassen, Spiegel und Stange angebracht
und ihn so kurzerhand in einen kleinen Ballettsaal umgewandelt. Hier trafen
sie sich nun, inmitten eines Gewerbegebietes. Elenors Einkommen erhöhte
sich, denn nun verdiente das Studio nicht mehr mit, und er zahlte die Miete
für den Raum. Sie war ihm sehr dankbar und versuchte, ihm jeden Wunsch
von den Lippen abzulesen.

Manchmal waren es ausgefallene Wünsche. Einmal mußte sie ihn mit klein
zusammengerollten Leinenschläppchen knebeln, die sie in seinen Mund
stopfte und mit Klebeband zu einem Knebel fixierte. Ein anderes Mal wollte
er nachfühlen, was sie empfand, und sie besorgte Spitzenschuhe in seiner
Größe. Inwischen gewitzt und durchaus mit bösen Einfällen gesegnet,
akzeptierte sie sein Argument nicht, er könne damit nicht auf Spitze stehen,
verpaßte ihm Armmanschetten und zog ihn mittels eines Flaschenzuges an
der Decke über ein Seil kurzerhand hoch, bis er einerseits auf Spitze stehen
mußte, andererseits durch den Zug auch an den Füßen entlastet wurde. Er
schleppte auch einen Fußtrainer an, in welchem die Füße in gestreckter
Haltung festgeschnallt wurden, und litt gerne eine Zeitlang darin.

Seine Identität gab er nie preis. Elenor bedrängte ihn, daß sie Angst hätte, er würde eines Tages nicht wiederkommen. Er beruhigte sie, indem er meinte, es wäre genau umgekehrt, und er müsse sie zu finden wissen. Er ließ sich ihren Ausweis zeigen und notierte sich gewissenhaft ihre Daten. Sie ließ ihn gewähren, auch wenn sie es etwas seltsam fand. Es war nicht zu übersehen, er hatte sie in sein Herz geschlossen und würde in ihrem Sinne handeln.

Ungefähr ein halbes Jahr lang vergnügten sich die beiden in dem umfunktionierten Lagerraum. Er schien alles probieren zu wollen, wozu er bislang keine Gelegenheit gehabt hatte, und er schien sehr glücklich damit zu sein. Dann, eines Tages, kam er mit ernster Miene und eröffnete ihr, daß er einen negativen ärztlichen Befund erhalten hätte. Sie würden sich für einige Wochen nur noch kurz sehen, denn er hätte wichtige Dinge für den Fall zu regeln, daß seine Krankheit schlimmer als vermutet wäre. Zudem würde er erwarten, daß ihn die Medikamente so schwächen würden, daß er mit ihr kaum noch spielen könnte. Er versprach ihr, für sie zu sorgen. Von da an kam er ungefähr einmal im Monat. Wie immer gut gekleidet und in aufrechter Haltung, aber sichtbar geschwächt und inzwischen mit Stock. Er ließ sich mit einer Limousine fahren, betrat den Lagerraum aber immer alleine und ließ den Fahrer draußen warten. Obwohl sich zwischen den beiden inzwischen nur noch etwas auf geistiger Ebene abspielte, bestand er darauf, daß sie ihm nur in Ballettkleidung gegenübertrat und daß ihre Bewegungen dem klassischen Repertoire entsprachen.

Dann kam er sechs Wochen lang nicht, und Elenor befürchtete schon das Schlimmste. Zu ihrer Erleichterung sah sie ihn dann doch wieder. Aber sie spürte gleich, es würde das letzte Mal sein. Er hatte sie vorher wissen lassen, daß er sie im Kostüm einer Haremsdame aus 1001 Nacht sehen wollte. Sie entsprach wie immer seinem Wunsch. Dieses Mal kam der Fahrer bis in den Flur mit, um ihn zu stützen, so schwach war er inzwischen. Der Fahrer stellte eine große Papiertüte mit dem Logo eines Nobelkaufhauses im Flur ab und ging dezent wieder hinaus. Der immer noch namenlose Kunde tastete sich im Lagerraum an der Ballettstange entlang und war froh, sich auf einem herumstehenden Stuhl niederlassen zu können. Langsam begann er zu sprechen.
"Du hast mich beherrscht, geführt und mich glücklich gemacht, nachdem ich mich vorher so viele Jahre lang nicht auf diesem Niveau ausleben durfte. Du bist ein Engel, denn du hast nie versucht, deine Macht zu mißbrauchen, sondern du hast versucht, mich zu fördern. Heute sehen wir uns zum letzten Mal, denn ich habe nicht mehr viel Zeit. Ich habe alles erledigt, bevor ich in den Ewigen Osten gehe. Erinnerst du dich an unser erstes Zusammentreffen? Mir klingt immer noch die Musik im Ohr. Ich wollte dich als Sheherazade in Erinnerung behalten, diesmal im richtigen Kostüm."
Gerührt ließ sie sich neben seinem Stuhl auf dem Boden nieder, die Füße wie immer artig durchgestreckt, und legte ihren Kopf an seinen Schenkel. Er legte seine Hand auf ihr Haar und streichelte es.
"Ich bin ein mächtiger Mann, aber Macht bedeutet auch, daß ich mich äußeren Zwängen zu fügen habe. Darum hast du bislang nie meinen Namen

erfahren, und darum darf auch nach meinen Tod niemand von deiner Existenz erfahren. So seltsam es klingt, aber ich brauche trotzdem noch einmal deine Hilfe. In der Tüte, die mein Fahrer dort abgestellt hat, findest du Anweisungen zur Vorbereitung meines Begräbnisses. Es ist mir wichtig, daß es so abläuft, wie es dort beschrieben wird. Aber, auch wenn es dir wehtun wird, du darfst dich beim Begräbnis selbst nicht blicken lassen. Bitte versprich mir das."

"Ich schwöre es dir. Dieses eine Mal will ich gerne deine Dienerin sein."

"Du wirst es nicht bereuen. Jetzt keine sentimentale Szene."

Er erhob sich, sie stand auf und half ihm dabei. Er sah sie noch einmal von Kopf bis Fuß an.

"Genau so will ich dich in Erinnerung behalten."

Dann ging er, ohne sich umzudrehen, Richtung Flur, und wurde ab der Außentür vom Fahrer gestützt.

Elenor wartete, bis der Wagen abgefahren war, dann ging sie schweren Herzens zu der im Flur abgestellten Tüte. Das blieb also von ihm. Darin befand sich ein versiegelter dickerer Umschlag, ein kleinerer, der sich nach Bargeld anfühlte und ein schmales zugeklebtes Paket. Außerdem fand sich ein maschinengeschriebener Zettel ohne Unterschrift mit dem Hinweis "Warte, bis man dir meinen Tod meldet."

Es ging schneller als erwartet. Nur wenige Wochen später erhielt Elenor am späten Nachmittag zu Hause einen Anruf einer renommierten Anwalts-kanzlei, die mit einem Notar zusammenarbeitete.

"Ich weiß nicht, wie ich es ausdrücken soll, aber ich versuche es. Jemand, den sie nicht mit Namen gekannt haben, ist verstorben. Ich möchte Ihnen mein Beileid ausdrücken. Er hat vor seinem Tod mitgeteilt, daß sie einige Anweisungen aufbewahren, die sein Begräbnis betreffen, und daß sie die Umsetzung persönlich beaufsichtigen sollen."

"Das ist richtig, und ich tue es gerne für ihn."

"Darf ich Sie morgen um zehn Uhr mit dem Wagen abholen?"

"Ja, gerne."

Elenor hatte seit ewiger Zeit keinen Tropfen Alkohol mehr angerührt. An diesem Abend aber trank sie einen einzigen stärkenden Schnaps, bevor sie mit zitternden Fingern die Tüte aus dem Schrank hervorholte und den Inhalt auf dem Küchentisch ausbreitete. Am wenigsten überraschend war der Geldumschlag, abgesehen von der Notiz dazu, die besagte 'damit bestichst du den Bestatter, wenn er nicht spuren will'. Das schmale Paket enthielt zwei CD's und ein Paar schwarzer Ballettschuhe in der Größe des Verstorbenen. Sie öffnete das Siegel des großen Umschlags und entnahm ihm ein Blatt mit Anweisungen, auf dem unter anderem war hier auch die Anschrift des Bestatters und die der Anwaltskanzlei vermerkt, die angerufen hatte. Sie las aufmerksam und fing an zu weinen. Das war wirklich nicht zu viel verlangt, sie würde ihm diese beiden letzten Wünsche gerne erfüllen. Eine der CD's war für sie bestimmt, aber Elenor war nicht in der Verfassung, sie aufzulegen.

Am nächsten Morgen kleidete Elenor sich in schwarz und wurde pünktlich abgeholt. Der Rechtsanwalt ließ sich mit berufsmäßiger Miene nicht anmerken, was er von der Sache hielt, und fuhr mit ihr zum Bestatter. Elenor hatte eine große Handtasche dabei. Dort angekommen, wurde sie in das Vorzimmer des Raumes geführt, in dem der Tote bereits fertig vorbereitet im noch offenen Sarg aufgebahrt war.

Der Bestatter sprach einige geübte Worte des Beileids, dann richteten sich zwei Augenpaare auf Elenor.

"Ich denke, jetzt ist der Moment gekommen, an dem sie den letzten Willen des Verstorbenen umsetzen sollten."

"Ja, das will ich, egal wie sie darüber denken. Vor allem aber müssen Sie darüber Stillschweigen bewahren. Hier!"

Sie drückte jedem einen Umschlag mit einem erklecklichen Geldbetrag in die Hand."

"Verfügen Sie über uns."

Sie förderte aus ihrer Handtasche eine CD zu Tage.

"Der Verblichene hat für die Zeremonie während der Aufbahrung in der Trauerhalle diese Musik gewünscht. Die CD soll nach Ende der Feier mir wieder zugeschickt werden, niemand soll sich eine Kopie machen können. Das Stück ist ungefähr drei Minuten lang. Er hat den Choral aus der Kirchenszene des Filmballetts 'Die roten Schuhe' von 1948 adaptiert und kompositorisch erweitern lassen. Ich hatte bislang nicht die Kraft, es mir anzuhören."

"Lassen Sie es uns bitte kurz anspielen, damit wir sehen, welche Qualität die Aufnahme hat, damit wir die Anlage später richtig einpegeln können."

"In Ordnung, in Ihrer Gegenwart fällt es mir leichter."

Doch schon nach den ersten kristallklaren Takten fröstelte es alle drei, und der Bestatter drehte die Lautstärke rasch auf Null.

"Das genügt, denke ich."

"Zur Umsetzung seines zweiten Wunsches bringen Sie mich bitte zu ihm. Ich benötige dazu Ihre fachkundige Hand." wandte sie sich an den Bestatter.

Der Rechtsanwalt wirkte ein wenig blaß um die Nase und zog es vor, im Vorzimmer zu warten, aus Pietät, wie er sagte. Elenor trat in den Raum ein. Dort lag er, in einem teuren Sarg, noch ohne Blumenschmuck, aber ansonsten vollkommen vorbereitet. Morgen würden die Verwandten persönlich am geöffneten Sarg Abschied nehmen, tags darauf war die Beerdigung angesetzt. Er sah besser aus, als er bei seinem letzten Besuch gewirkt hatte, wirkte friedlich, aber unnatürlich.

Der Bestatter behielt Elenor im Auge, merkte aber, daß sie festen Willens war und ihm nicht in Ohnmacht fallen würde. Elenor griff in ihre Tasche und holte die Ballettschuhe hervor.

"Die müssen wir ihm in den Sarg legen, das hat er sich ausdrücklich erbeten. Egal, was die Vorschriften besagen."

"Das ist kein Problem, es ist ja nur Leder und Stoff."

"Und niemand darf es bemerken, das ist ganz wichtig."

"Das ist schon etwas kniffliger. Aber ich habe eine Idee."

50

Der Bestatter verschwand kurz und kehrte mit einem Kissen zurück, welches genauso aussah wie jenes, auf dem der Kopf des Verstorbenen ruhte. Die seitliche Naht war noch offen, es fehlte noch an Füllmaterial. Er schaffte etwas Platz, platzierte die Schuhe mittig und füllte das Kissen auf. Dann setzte er sich im Nachbarraum an die Nähmaschine und vernähte die Öffnung eigenhändig.

"Helfen Sie mir bitte, dann gibt es keine weiteren Zeugen." bat er.

Gemeinsam tauschten sie das Kissen aus. Das ursprüngliche legte der Bestatter auf einer Art Werkbank ab, auf der sich allerlei Handwerkszeug befand, unter anderem auch Schminke, mit der der Teint des Verstorbenen aufgefrischt worden war. Ganz bewußt stieß der Bestatter ein Gefäß um und ließ etwas Farbe auf das Kissen tropfen, um es unbrauchbar zu machen.

"Ich respektiere den Letzten Willen. Ich würde es mir nicht verzeihen, wenn einer meiner Mitarbeiter es durch einen Zufall zunichte machen würde, indem er die Kissen vertauscht."

"Ich danke Ihnen sehr."

Natürlich hielt es Elenor zwei Tage später nicht zu Hause aus. Bewußt nicht in schwarz, sondern alltäglich gekleidet, trieb sie sich wie eine zufällige Spaziergängerin auf dem Friedhof herum. Sie hatte die alten Ballerinas angezogen, die sie damals im Nachtclub getragen hatte, im stillen Gedenken daran, wie alles seinen Anfang genommen hatte. Hier endete es nun. Der schon den ganzen Tag anhaltende Nieselregen ermöglichte es ihr, unbemerkt unter dem Schirmrand hervor zu beobachten, als sich die Türen der Trauerhalle öffneten und der Sarg hinausgefahren wurde.

Sie folgte dem langen und vornehmen Trauerzug unauffällig über Umwege. An der geöffneten Grabstelle war kein Pfarrer zu sehen, aber dafür einige Herren in schwarzen Anzügen und Zylindern, die ungeachtet des Regens ein merkwürdiges Ritual durchführten, wie sie es nie zuvor gesehen hatte. Sie war zu weit entfernt, um die Worte zu verstehen, aber es sah äußerst würdevoll aus, so hätte er es sich bestimmt gewünscht. Sie wartete noch ab, bis alles vorüber war, dann ging auch sie nach Hause, um im stillen Gedenken alleine Abschied zu nehmen und dabei die Musik zu hören, die ihr Gönner hatte schreiben lassen.

Es verging eine Woche, in der sie nicht die Kraft zum Schmieden neuer Pläne gehabt hatte. Sie hatte einfach ziellos vor sich hin gelebt, war viel spazieren-gegangen und hatte sich überflüssig gefunden. Dann nahm sie sich zusammen. In einer Zeitung hatte sie einen kurzen Artikel mit einem Bild des Verstorbenen entdeckt. Nun wußte sie wenigstens seinen Namen. Viel schlauer wurde sie dennoch nicht, es wurde nur verlautbart, er sei ein internationaler Lobbyist mit vielen Kontakten gewesen. Selbst nach seinem Tod schienen sich die meisten Geheimnisse um sein Leben nicht zu offenbaren. Sie faßte sich ein Herz, packte den Rest des Bargeldes aus dem Umschlag in ihre Handtasche und begab sich zur Bank, um es einzuzahlen. Davon wollte sie kurze Zeit ihren Lebensunterhalt bestreiten, denn sie wußte nicht mehr, wer sie war und wo sie hingehörte, und damit auch nicht, welchem Beruf sie zukünftig nachgehen sollte. Eine Tänzerin mit Jugend, eiserner Disziplin und fern jeder Versuchung war sie sicher nicht mehr. Eine gewerbliche Domina war sie aber auch nicht, ohne Gefühl und die Verbindung zum Ballett konnte sie es einfach nicht. Irgendwie fand sie, daß sie zwischen allen Stühlen saß. Aus Gewohnheit, und um sich selbst irgendeinen Halt zu geben, gab sie das tägliche Ballett-Training zu Hause nicht auf.

Einige weitere Tage später wagte sie es bei erneut schlechtem Wetter eine halbe Stunde, bevor der Friedhof geschlossen wurde, an das Grab zu treten, in der Hoffnung, damit kein Aufsehen zu erregen. Sie trug zur Erinnerung wieder ihre alten Ballerinas. Ihre Befürchtungen erwiesen sich als unbegründet, niemand war in der Nähe oder nahm Notiz von ihr. Sie sprach ein stilles Gebet und war innerlich auch ein wenig stolz darauf, seinen letzten Wunsch erfüllt zu haben. Nach ihrer Rückkehr nach Hause trocknete sie ihre Schuhe, stopfte sie am nächsten Tag mit Zeitungspapier aus, legte sie in einen Karton und verstaute diesen in einem Regal. Aus ihrer glücklichen Zeit waren ihr etliche eigene Kostüme und Schuhe geblieben, aber kein persönlicher Gegenstand des Mannes, so daß es ihr wichtig war, jeden noch so kleinen Zipfel als Erinerung an diese Zeit festzuhalten.

Als sie langsam zu zweifeln begann, was nun aus ihr werden sollte, erhielt sie mit der Post eine Einladung eines Notars, der schrieb, daß er mit der Anwaltskanzlei zusammenarbeiten würde, die Elenor durch das Begräbnis kannte. Der Notar wollte wohl Spekulationen vorbeugen und hatte angemerkt, daß es sich nicht um eine Erbschaftsangelegenheit handeln würde. Umso geheimnisvoller erschien ihr die Sache. Nach langer Zeit mußte sie zum ersten Mal wieder ein wenig schmunzeln und dachte daran, daß der Verstorbene sie immer noch auf Trab hielt.

In der vornehmen Nüchternheit des Notariats angekommen, mußte sie nicht lange warten, der Notar bat sie gleich herein.
"Ich freue mich, Sie kennenzulernen. Der Verstorbene hat vor seinem Tod einige Dinge in Gang gesetzt, deren Aufwand und Konstrukt mir zwei Dinge verraten: Sie müssen ihm viel bedeutet haben und er wollte nicht, daß jemand dies erfährt, nicht zu Lebzeiten und auch nicht nach seinem Tod. Die juristische Seite ist mir erklärlich, sein innerer Antrieb geht mich nichts an."
"Sie hatten betont, daß es sich nicht um eine Erbschaft handeln würde. Was kann es denn sonst sein?"
"Es handelt sich um etwas, was er bewußt vor seinem Tod arrangiert hat, damit es nicht in die Erbmasse fällt. Er war recht vermögend, und er hat sich wohl gedacht, wenn er einen kleinen Teil seines Vermögens für einen speziellen Zweck vorher abzweigt, würde es niemand auffallen und vor allem könnten die Erben nicht hineinreden. Ich darf nicht darüber reden, aber er hätte es sicher so gewollt, daß ich Ihnen den Wink gebe, daß seine Rechnung aufgegangen ist, denn ich war bei der Testamentseröffnung zugegen."

"Das würde zu ihm passen, ich habe aus der Presse erfahren, daß er in wichtigen Kreisen einen Ruf zu verlieren gehabt hätte."
"Genauso ist es. Er hat eine anonyme Stiftung gegründet, die ihren Sitz im europäischen Ausland hat, mit der Besonderheit, daß es eine Art Stiftungsrat gibt, welcher in den USA ansässig ist und der den Zweck der Stiftung überwachen soll. Nehmen Sie es mir nicht übel, aber der Zweck ist scheinbar absichtlich sehr allgemein gehalten, er wollte sich nicht recht in die Karten schauen lassen. Sicher wissen Sie, was für ein Mensch er war und was er beabsichtigt hat. Er hat der Stiftung den poetischen Namen 'Tanzender Stern des Ostens' gegeben. Sicher können Sie damit mehr anfangen als ich."
"Ehrlich gesagt nicht, bis auf das Wort 'tanzend'. Was muß ich mir unter dieser Stiftung denn konkret vorstellen und was habe ich mit ihr zu tun?"
Den Gedanken, daß er nicht mehr ganz bei geistiger Gesundheit gewesen sein könnte und daß ihn ihr Bild als Sheherazade nicht losgelassen haben könnte, verschwieg sie lieber diskret.
"Der Verstorbene, oder aus heutiger Sicht besser gesagt, der Stifter, war zwar krank, aber aus meiner Sicht bis zum Schluß noch äußerst geschäftstüchtig."
Als ob der Notar Gedanken lesen könnte, zuckte sie zusammen.
"Er hat für einen Spottpreis ein großes altes Gebäude hier in der Stadt ersteigert und die restliche Sanierung durchgeführt. Er hat auch eine Rücklage vorgesehen, um es instandzuhalten. Sie sind hier wegen der Nutzung, die für das Gebäude vorgesehen ist. Mir ist sie nicht bekannt, aber er hat Ihnen ein persönliches erklärendes Schreiben hinterlassen. Bevor Sie es öffnen, muß ich Sie pflichtgemäß darauf hinweisen, daß sich die Dinge, die in den Räumen stattfinden sollen, finanziell von selbst tragen müssen. Das Geld würde nicht dafür reichen, Mitarbeiter einzustellen, allenfalls, Ihnen ein bescheidenes Gehalt zu zahlen."
Der Notar schloß einen Stahlschrank auf und holte einen dicken versiegelten Umschlag, einen Aktenordner und einen Schlüsselbund hervor.
"Hier sind alle notwendigen Unterlagen sowie die Schlüssel zu dem Gebäude. Momentan kümmert sich eine Wachfirma darum, weil es leersteht. Es ist Ihnen überlassen, ob Sie den persönlichen Brief hier lesen möchten oder lieber alleine woanders. Er scheint recht lang zu sein. Sie können jederzeit hereinkommen, um weitere Details zu klären."

Elenor mochte dieses letzte Zwiegespräch mit einem Toten nicht hier führen, dazu brauchte es einen besonderen Ort. Sie verabschiedete sich freundlich und verließ das Notariat. Das war alles etwas viel auf einmal gewesen, sie setzte sich in ein Kaffeehaus gleich um die Ecke, um wieder zu sich zu kommen. Als sie einen Blick in den Aktenordner warf, sah sie die Adresse des Gebäudes. Es lag ein gutes Stück entfernt. Aber könnte es einen besseren Ort geben, zu verstehen, was der Stifter ihr ins Leben mitgeben wollte? Sie trank aus, zahlte, und winkte ein Taxi heran.

Das altehrwürdige Gebäude war viel größer als erwartet. Elenor traute sich kaum die Eingangstreppe hinauf. Einen Moment lang glaubte sie, vielleicht doch am falschen Ort zu sein. Doch der Schlüssel paßte. Sie irrte eine Weile ziellos durch gespenstisch leere, aber frisch renovierte Räume. Der Wunsch, den Inhalt des Briefes zu lesen und die Erkenntnis, daß sich eine gründliche Besichtigung des Gebäudes hinziehen würde, gingen Hand in Hand. Als sie einen kleinen Ballettsaal vorfand, in dem an einer Seite eine Bank stand, fühlte sie, daß sie am rechten Platz war und setzte sich. Sie öffnete den versiegelten Umschlag und fand etliche handgeschriebene Seiten vor. Alles um sich herum vergessend, las sie:

'Liebe Elenor,

zeitlebens war ich mit meiner seltenen Mischung aus Devotheit, Ballettomanie und Kunstsinn alleine und unverstanden. Ich konnte immer nur Teile davon ausleben, aber nie die Kombination aus allen Teilen. Es war wie ein leckeres Gericht, dem aber immer eine der wichtigen Zutaten gefehlt hat. Du hast mir mehr bedeutet als du ahnst, nur die äußeren Umstände meines Lebens, die ich nicht zu ändern vermochte, hielten mich davon ab, mehr aus unserer Beziehung machen zu wollen. Ich bin aber nicht traurig darüber, denn du hast mir unendlich viel gegeben. Du hast mir wieder Mut gegeben, bist auf mich eingegangen, hast mich gefördert und mir Glück beschert. Ich durfte erfahren, daß es noch einen Menschen mit einer so seltenen Gabe gibt. Oft fühlte ich mich damit einsam, und sicher wird es dir jetzt auch so ergehen. Du sollst aber nicht verzweifeln, denn unser beider Einzigartigkeit kann nicht nur ein Problem, sondern auch eine Chance sein. Wer außer dir könnte mich und mein Anliegen verstehen? Ich habe eine Stiftung ins Leben gerufen, die du führen sollst. Es gibt drei Ziele:

1. Es soll dir einen Lebenssinn geben.
2. Du sollst anderen Menschen helfen, so wie du mir geholfen hast.
3. Etwas von mir und meinen Gedanken soll mich überleben und bleiben.

Du wirst im Namen der Stiftung in einem von mir bereits gekauften und hergerichteten Gebäude ein Ballett-Institut leiten. Das Institut dient unter anderem als Fassade, denn nach Recht und Gesetz dürften wir nicht so handeln, wie es oft erforderlich ist. Darum ist der offizielle Zweck der Stiftung recht allgemein gehalten. Du sollst dort alle Menschen aufnehmen, die ähnliche innere Zwiespälte haben wie wir beide. Du bist beispielsweise Tänzerin und Domina in einem. Es gibt Menschen mit anderen inneren Konflikten, beispielsweise Transsexuelle, denen zu helfen mir am Herzen liegt, weil ich ihre Nöte nachfühlen kann. Sexuelle Bezüge oder deine dominante Persönlichkeit sollst du dabei ausdrücklich einsetzen. Denn ich sehe die Welt als Ganzes, und Sexualität im realen wie im sprituellen Sinne gehört unbedingt dazu. Außerdem entspricht es ganz meiner Gesinnung und einem Schwur, den ich geleistet habe, unbemerkt auf diese zugegebenermaßen seltsame Weise karitativ tätig zu sein.

Als alter Sünder und Genießer, der ich immer gerne war, mache ich dir aber eine Auflage, die du bestimmt gerne erfüllen wirst. Die Menschen, denen du im Institut hilfst, müssen in irgendeiner Weise einen Bezug zu Ballett oder Tanz haben. Diesen Begriff darfst du sehr weit fassen, schließlich war ich selbst auch kein Tänzer. Du brauchst keine Angst davor zu haben, erstmals Menschen führen zu müssen und eine Verwaltung zu betreiben. Ich gebe dir einen fähigen Finanzberater an die Hand. Mit Menschen umzugehen, sei es das Personal, daß du auswählen wirst, oder die Menschen, denen du später als Mitgliedern des Instituts etwas geben wirst, ist ganz einfach. Du mußt nur deinem Instinkt folgen und auf deine gleichermaßen psychologischen wie tänzerischen Fähigkeiten vertrauen. Nur du kannst den Sinn meiner Stiftung erkennen und richtig umsetzen. Alle paar Monate wird jemand vom Stiftungsrat kommen, aus den USA. Neben den Finanzen, die du zusammen mit dem Finanzberater erklären wirst, ist es wichtig, daß du mein Anliegen erklärst. Deine unkonventionellen Methoden kannst du ruhig schildern, aber halte dich etwas mit allzu pikanten Einzelheiten zurück.

Während ich diese Zeilen schreibe, ist meine Krankheit schon so weit fort-geschritten, daß ich mir ein Vergnügen, welches ich mir noch gewünscht hätte, leider werde versagen müssen. Wie du dir denken kannst, haben mich die Bilder von Degas, die sich mit dem Ballett beschäftigen, immer fasziniert. Auf vielen taucht im Hintergrund oder an anderer Stelle verschwommen angedeutet ein Herr im Zylinder auf. Er versinnbildlicht die Gönner der Tänzerinnen, denn von ihrem Einkommen konnten sie damals nicht leben. In der Pariser Oper wurde hinter der Bühne eigens das sogenannte Foyer geschaffen, wo diese Herren sich mit den Tänzerinnen treffen konnten. Zu gerne hätte ich mich nur einmal im Leben in die Rolle des gönnerhaften schattenhaften Zuschauers begeben. Ich habe in einem der Ballettsäle den Spiegel in einer halbdurchlässigen Ausführung bauen lassen. Dahinter befindet sich ein kleiner Raum. Ich hätte dich unter einem Vorwand in das Gebäude bestellen wollen und dich unbemerkt bei deinem Tanz als Sheherazade beobachten wollen. Dann hätte ich mich zu erkennen gegeben und dir den Zweck der Stiftung persönlich erklärt. Dazu wird es nicht mehr kommen, darum ließ ich den Raum bereits wieder zumauern. Aber ich habe dir etwas anderes aufgehoben. An einer Stelle im Keller habe ich einen gut verpackten Karton versteckt, du findest die Stelle auf dem beiliegenden Grundriß markiert. Es ist das Paar Spitzenschuhe, welches du bei unserer Zusammenkunft hättest tragen sollen.

Ich wünsche dir Glück und Erfolg, vor allem aber, daß ich dir und den Menschen, mit denen du in Zukunft in Berührung kommst, Hilfe auf der Suche nach sich selbst geben kann.

Dein Gönner und Stifter'

Elenor sah unter Tränen auf und blickte auf den im Saal befindlichen Spiegel. Hatte eine unsichtbare Macht sie genau an die Stelle geführt, an der das Treffen geplant gewesen war? Alles verschwamm vor ihren Augen.

Als sie die Tränen beiseite gewischt hatte, saß sie am Tisch und hielt das für sie angefertigte Paar Spitzenschuhe in den Händen. Sie fand wieder in die Realität des einsamen, aber auch friedlichen Kellers zurück.

So sehr sie der Blick in ihre Vergangenheit mitgenommen hatte, es waren doch auch Erkenntnise in ihr gereift. Sie war das Herz des Instituts und deswegen mußte sie mit sich selbst im Reinen sein. Vor allem aber hätte sie Chantal helfen müssen, um ihrer Aufgabe und dem Wunsch des Stifters gerecht zu werden. Beim Verlassen des Kellers beschloß sie, ihren Fehler zu korrigieren, auch wenn sie sich dabei eine Blöße geben mußte.

5 - Die Adoptivschwester

Bevor Madame sich der Umsetzung ihrer moralischen Ziele widmen konnte, holten sie wieder einmal die alltäglichen Absurditäten ein. Der Hausmeister hatte ein weibliches Mitglied dabei erwischt, als es aus den gebrauchten, für die Internet-Versteigerung bestimmten Sachen ein Paar durchgetanzte Spitzenschuhe gestohlen hatte. Die Sohlen waren so weich, daß man damit nicht mehr auf Spitze stehen konnte. Als das Mitglied zur Rechenschaft gezogen wurde, war daher die Antwort, sie hätte nur heimlich damit Übungen machen wollen, als halbherzige Ausrede anzusehen. Madame war heute nicht in Stimmung für Scherze und handelte konsequent. Sie ließ die Schuhe anziehen. Dann förderte sie aus ihrem Fundus einen schwarzen undurchsichtigen Wäschesack und einen Fußtrainer zutage. Sie ließ das Mitglied auf dem Boden Platz nehmen und spannte Füße samt Schuhen in die auf einer schweren Holzplatte befestigten Halterungen ein. Die Fersen kamen in Löchern zu liegen, die in der Platte angebracht waren, die Fußspitzen wurden so fixiert, daß der Fuß durchgestreckt war. Der Unterschenkel wurde ebenfalls an der Platte fixiert, damit der Fuß nicht etwa durch Heben des Beines entlastet werden konnte. Ohne Zuhilfenahme der Hände gab es aus diesem Folterinstrument kein Entkommen. Diesem Gedanken folgend, stülpte Madame dem Mitglied den Wäschesack über den Oberkörper einschließlich der Arme und verknotete den Kordelzug gewissenhaft, so daß das Ende des Sacks in Taillenhöhe saß. Mit der Bemerkung, sie könne ja jetzt ihre Übung so richtig professionell genießen, überließ sie die Unglückliche fürs Erste ihrem Schicksal.

Elenor war sich nicht sicher, wie die Sache ausgehen würde, aber wenn es danebenginge, dann durfte das keinesfalls in Gegenwart anderer geschehen. Darum hatte sie die Flucht nach vorne angetreten, sich die Anschrift von Chantal aus der Akte herausgesucht und stand nun ohne Vorankündigung mit Herzklopfen vor ihrer Tür und klingelte. Chantal öffnete, bekleidet mit einem herumschlabbernden Pullover, Leggins und abgewetzten weißen Gymnastikschuhen als Hausschuhen. Ihre Haare waren schon mal besser zurechtgemacht gewesen, sie war nicht geschminkt und aus dem Flur roch es nach kaltem Zigarettenrauch. Geld alleine schien sie nicht glücklich zu machen, sondern verleitete sie dazu, sich gehenzulassen.
"Chantal, ich habe einen Fehler gemacht. Ich möchte dir erklären, warum das passiert ist und ihn wieder gut machen. Können wir reden?"
"Was soll's, der Tag kann nur besser werden. Komm rein. Auf Dauer werden mir meine persönlichen Sklaven, die gehorchen wie ein dressierter Hund, langweilig. So habe ich wenigstens etwas Abwechslung."
Ihre Wohnung war teuer eingerichtet, aber im Detail zu übertrieben neureich gestaltet. Es herrschte Ordnung, die nur malerisch von einigen Kleidungsstücken und SM-Spielzeugen gestört wurde, die scheinbar vom Gebrauch vor nicht allzulanger Zeit noch herumlagen. Ein voller Aschenbecher und eine neben etwas Gebäck stehende Kristallkaraffe auf dem Tisch vervollständigten den Eindruck. 'Wer Sorgen hat, hat auch Likör' mußte Elenor an

das Zitat von Wilhelm Busch denken, wenngleich es sich hier um Portwein zu handeln schien.

"Also, was willst du, nachdem du mich hinausgeworfen hast?"

"Dich zurückholen. Mir ist klargeworden, daß du uns brauchst. Und es gibt noch etwas, was dich überraschen wird: Seit letzter Nacht weiß ich, daß ich dich auch brauche."

"Dazu kommst du extra hierher?"

"Niemand soll davon erfahren, darum habe ich dich nicht ins Institut kommen lassen. Du wirst von mir einige unerwartete Dinge erfahren, aber versprich mir, daß du sie für dich behalten wirst. Die Existenz des ganzen Institut hängt davon ab."

"Nun mal nicht so dramatisch, hast du es nicht eine Nummer kleiner? Also versprochen, als Domina bin ich es schließlich gewohnt, viele Geheimnisse für mich zu behalten wie ein Beichtvater. So, und jetzt laß uns mal ein Glas trinken."

Gesagt, getan, die Atmosphäre lockerte sich etwas. Chantal räkelte sich bequem auf einem Sofa, Elenor saß ihr gegenüber.

"Wir kennen uns, besser gesagt, ich kenne dich. Du hast vor etlichen Jahren als Gast-Domina bei Lady C. in ihrem Penthousestudio ausgeholfen. Jetzt wirst du mich fragen, was eine Tänzerin wie ich dort verloren hat. Ich habe genau vor dieser Frage Angst, wenn mein Personal sie mir stellen würde. Darum habe ich den Kontakt zu dir so rabiat abgebrochen. Ich hatte Angst, du könntest mich irgendwie erkennen. Dir will ich die Frage aber beant-worten."

"Ich bin geplättet. Aber zu deiner Beruhigung: Ich kenne dich nicht, glaube ich zumindest. Tja, und wie hatte es dich dorthin verschlagen?"

Es dauerte nicht weniger als zwei Stunden und kostete die ganze Karaffe ihren Inhalt, Chantal nicht nur die äußeren Geschehnisse, sondern auch die geistigen Hintergründe von Elenors Lebensgeschichte zu vermitteln.

"Wenn es mir möglich war, von der unschuldigen Tänzerin zu einer Domina mit Fachgebiet Ballett zu wechseln, dann müßte es auch möglich sein, einer erfahrenen Domina die geistige Ebene und einige reale Grundkenntnisse des Balletts zu vermitteln." schloß Elenor gerade.

"Weißt du, was mir auffällt? Dein Stifter muß ein weiser Mensch gewesen sein, trotz seiner Schwächen, oder gerade weil er zu ihnen gestanden hat. Er hat dir eine Lebensaufgabe hinterlassen, die dich ausfüllt. Vielleicht hast du es noch nie so gesehen, aber für mich heißt das: Er hat dich über den Tod hinaus geliebt. Ich wünschte, auch so geliebt worden zu sein."

"Ich werde versuchen, dir einen Teil davon abzugeben und auch dir wieder zu einem Sinn zu verhelfen. Komm zu uns ins Institut. Und ruf mir jetzt besser ein Taxi, nach dem Portwein wird mich die frische Luft draußen bestimmt umhauen."

Madame erwähnte tags darauf in Gegenwart von Yurek, sie hätte inzwischen die Zeit gefunden, einige Akten noch einmal durchzusehen, wobei ihr der

Gedanke gekommen wäre, daß sie Chantal vielleicht doch zu hart beurteilt hätte. Sie würde sie anrufen, um noch einmal mit ihr zu sprechen. Wie gewünscht verbreitete sich die Nachricht schnell im Haus, und es gab Wetten darauf, ob Madame Chantal nachträglich aufnehmen würde oder nicht. Als Chantal nach einer Woche persönlich erschien, war die Sache klar, und der Hausmeister mußte seine Wettschuld zähneknirschend bei Nadine einlösen. Madame besprach sich mit dem Personal und erklärte, daß sie sich mit diesem schwierigen Fall persönlich beschäftigen müßte, was allgemein begrüßt wurde. Um die Sache glaubwürdig erscheinen zu lassen, hielt sie Chantal in Gegenwart anderer einen Vortrag darüber, in welchen Räumen des Instituts Rauchverbot herrschte und daß sie ihre Qualmerei für das Training sowieso reduzieren müßte.

Chantal sehnte sich nach der Welt des Tanzes, aber nun wurde es ernst, sie mußte selber ran und fürchtete insgeheim, zwei linke Füße zu haben. Elenor, der das natürlich nicht entging, machte sich den Spaß, sie in Lycrabody, Wickelrock, Ballettstrumpfhose und Ballettschuhen zum Einzelunterricht zu bestellen. Chantal fand die Kleidung sehr hübsch, aber noch fühlte sie sich darin, als wenn sie sich verkleidet hätte und vorgeben würde etwas zu sein, was sie nicht war.
"Steck zuerst mal die Schleifchen vorne in die Schuhe. Wie fühlst du dich?"
"Als wenn ich in die schönen Sachen nicht hineingehören würde. Irgendwie verletzlich. Gut, daß mich außer dir niemand beim Training beobachten wird."
"Dann bist du schon mitten drin im Training. Du bist dir selbst über dein Gefühl der Verletzlichkeit klar, also kann dein Herz nicht tot sein, oder?"
"So habe ich das noch gar nicht betrachtet."
"Mir war klar, daß du dich spätestens beim Anziehen der Ballettschuhe fragen würdest, was ich von dir erwarte und ob du es erfüllen können würdest. Stimmt doch?"
"Und ob!"
"Du erlebst gerade unsere unkonventionellen Methoden, und es wäre doch gelacht, wenn ich dir nicht auch helfen könnte. Ich habe mir gedacht, wir fangen mit dem Kopf an, ich meine im Kopf, aber der Rest des Körpers muß auch gefordert werden, denn es ist alles eins. Komm zu mir."
Elenor nahm die Haltung einer Dame beim Gesellschaftstanz ein. Chantal fügte sich in die Rolle des Herrn, wenn auch mit einem Fragezeichen im Gesicht.
"Ich habe mal Standard probiert, es aber bald wieder aufgegeben, weil ich keinen vernünftigen Tanzpartner finden konnte, das waren alles Weicheier. Aber die Herrenrolle habe ich noch nie getanzt."
"Beim Tanz zu zweit ist es wie beim BDSM. Einer muß führen, einer muß sich führen lassen. Beide müssen in ihrer Rolle Spaß haben und beide müssen ein Gefühl füreinander haben. Sonst wird nichts daraus. Deinem früheren Beruf und deiner Neigung entsprechend wirst du die führende Rolle des Mannes übernehmen, das liegt dir sicher mehr. Ich werde mich von dir führen lassen, dank meiner Tanzausbildung ist das leicht für mich. Einen Moment noch."

Elenor ging kurz zur Musikanlage, um eine CD zu starten.
"Es geht darum, das Gefühl für das Miteinander zu finden. Für den Anfang habe ich einen langsamen Walzer ausgesucht, ganz einfach."
"Hoffentlich geht das mit den flachen Ballettschuhen."
"Du mußt den fehlenden Absatz teilweise durch Tanzen auf halber Spitze ausgleichen. Das gibt zuerst einen Muskelkater, ist aber gut für deinen Körper. Jetzt aber nicht lange gefackelt. Ich zähle dir den Takt für den Einsatz an, dann beginnst du und führst mich."
Gesagt, getan, und siehe da, es ging viel besser als Chantal erwartet hatte. Sie war fast schon enttäuscht, als das Musikstück endete.
"Können wir das noch einmal üben? Ich komme langsam dahinter, daß ich bislang keinen Spaß daran hatte, weil man mich nicht führen kann."
So geschah es, und die Lust auf Mehr wurde wach.
"Das klappt sehr gut, wir wagen uns jetzt an den Wiener Walzer. Da der Takt schneller ist, müssen wir enger zusammentanzen, sonst schaffen wir die Drehungen nicht."
Davon abgesehen, daß der Raum Chantal mit zunehmend raumgreifenden Schritten immer kleiner vorkam, war sie sehr zufrieden. Das hätte sie sich selbst nicht zugetraut. Sie legte den anfänglichen konzentrierten Tunnelblick ab und begann, Elenor beim Tanz zu mustern. Sie schien dabei glücklich zu sein und jünger zu wirken. Sie zu führen war ein Genuß, so leicht und selbstverständlich fühlte es sich an. Sie trug heute einen schwarzen Lycra-Ganzanzug. Um die Taille hatte sie ein rotes Tuch, farblich dazu passend hielt sie die Haare mit einem breiten roten Haargummi hinten zusammen. Für die Ballettschuhe hatte sie Schwarz gewählt.

Der Wiener Walzer brachte Chantal ins Schwitzen, sie war sich nicht sicher, ob es nicht auch daran lag, daß sie mit Elenor so eng tanzte und bei den Drehungen ihr Bein zwischen Elenors Beine setzen mußte. Ob das auch dazu gehörte, lange verschüttete Gefühle wieder zu entdecken? Etwas verwirrend war die Sache schon.
"Genug geschwitzt, jetzt etwas um wieder herunterzufahren, und für die Sinnlichkeit."
Sie zog die schweren Vorhänge zu, bis nur noch ein Spalt Tageslicht hereinfiel, das den Raum nicht mehr als bis zur Dämmrigkeit erhellte. Dann wechselte sie die CD. Es erklang ein Rumba. Elenor begann, sich im Takt der Musik verführerisch zu bewegen und bedeutete Chantal mit einem Wink, mitzumachen. Nichts tat Chantal lieber als das. Als die Musik endete und eine Pause von wenigen Sekunden bis zum nächsten Stück eintrat, lag eine Spannung in der Luft. Das nächste Stück begann, und als ob sie ein Zeichen geben wollte, löste Elenor das Haargummi und ließ ihr Haar offen herunter- fallen. Chantal gefiel sich in der Männerrolle und legte die Hand auf Elenors Po. Immer enger wurde der Tanz, bis die Musik Nebensache wurde. Die beiden standen eng umschlungen, die etwas kleinere Elenor hübsch auf halber Spitze, und küßten sich. Dann löste sich mit einem Mal alles in Nichts auf, als sie beide kichern mußten.
"Wie die Mädchen im Backfischalter. Oder sind wir lesbisch?"
"Bestimmt nicht. Aber es hat so gut getan!"

"Mir auch. Glaub mir, deine Gefühle werden mit der Zeit zurückkommen. Disziplin brauche ich dir nicht zu erklären, und die erforderliche Technik werde ich dir beibringen. Ab morgen wird nämlich Ballett trainiert statt Gesellschaftstanz."
"Sehr gerne, jetzt glaube ich daran, daß ich es schaffe."

Chantal stellte sich der Herausforderung und kam einigermaßen gut mit. Die Beschäftigung tat ihr gut, sie hatte sogar das Rauchen sehr reduziert. Die Zeit brachte es mit sich, daß Chantal die geistigen Zusammenhänge, die bewußt oder unbewußt das Institut zusammenhielten, mehr und mehr verstand. Elenor war dankbar, jemand gefunden zu haben, der sie und ihre permanente Ausnahmesituation verstand. Die beiden verstanden sich und realisierten bald, daß sie nicht mehr ohne einander auskommen wollten. In Elenors Hinterkopf reifte der Gedanke, diesen Umstand dingfest machen zu wollen. Sie sprach Chantal darauf an, ob sie es auch so sehen würde.
"Ja, ich habe auch schon daran gedacht. Ich weiß nicht, wie so etwas in der Welt des Balletts vonstatten geht, würde es sich um BDSM handeln, müßten wir meiner Meinung nach ein Ritual finden."
"Die Idee gefällt mir, aber wie soll das aussehen?"
"Ich habe keinen Plan. Ich kann dir aber sagen, was ich nicht möche. Als Primaballerina im Tutu wäre ich nicht echt."
"Gib uns Zeit, uns wird schon etwas einfallen."

Einige Wochen lang geschah gar nichts. Dann schien eine höhere Macht etwas nachhelfen zu wollen. Elenor hatte im Internet ein DVD-Paket mit einigen ausgesuchten Ballett-Aufführungen ersteigert. Darin war zufällig auch ein amerikanisches Musical aus den 50er Jahren enthalten gewesen. Dieses enthielt einige Nummern mit Spitzentanz. Elenor hatte es nie gefallen, daß Hollywood das klassische Ballett seinerzeit nur als abgefilmte Staffage verwendete. Immerhin, heute wurde es dem Publikum nicht mehr so selbstverständlich nähergebracht wie damals. Im Gegenteil, statt junge Menschen mit der Nase darauf zu stoßen, verschwand diese Kunstform inzwischen auch in Europa ganz nach amerikanischem Vorbild in der Rubrik 'bezahle, wenn du Kultur und Bildung suchst'. Die obligatorische Liebesszene, in der ein Kuß wie seinerzeit üblich richtig gespielt wurde, und das anschließende dezente Wegschwenken der Kamera brachte Elenor auf den gesuchten Gedanken. Einige Tage später wandte sie sich an Chantal.
"Ich hab's. Ich weiß, was du zum Ritual anziehen kannst."
Sie hielt Chantal ein Buch hin, welches sie in einem Restposten-Buchladen erstanden hatte.
'Das amerikanische Pin-Up der Fourties und Fifties' las Chantal verwundert den Titel.
"Ich werde es dir erklären. Du suchst doch in irgendeiner Form die Sphäre des Balletts, weil sie für dich Unschuld und Reinheit verkörpert. Trotzdem ist dir bewußt, daß du nicht mehr unberührt bist. Genauso verhielt sich das damals. Es war ein offenes Geheimnis, daß es um sexuelle Anziehung ging, aber der Zeitgeist erlaubte nicht, dies offen zu zeigen. Die damalige Zensur hat eine Variante hervorgebracht, die heute noch durch ihre unter-

schwelligen Reize und ihre künstlerische Ausarbeitung ihre Abnehmer findet. Die Fotografie und Grafik der Zeit bevorzugte eine klare Linienführung. Ich glaube, für dich wäre es die Möglichkeit, deinem Wunsch nach einem einerseits unschuldig aussehenden, aber trotzdem reifen weiblichen Wesen nahe zu kommen."

Sie schlug eine Seite auf und zeigte Chantal eine Werbegrafik. Das Pin-Up trug eine knappe Bluse, die unten zusammengeknotet war und eine schwarze kurze Stoffhose mit einem züchtigen Übergang zu den Beinen in schwarzen Nylons mit Naht. Das Modell stand in schwarzen professionell geschnürten Spitzenschuhen lächelnd neben dem angepriesenen Artikel auf Spitze.

"Würdest du dich darin eher wiedererkennen als zu versuchen, Giselle zu verkörpern?"

"Es ist genau so rein wie das Ballett, und eine Primaballerina werde ich ja doch nicht."

Zwei Wochen später, an einem Wochenende, als es im Institut ruhig war, wurde die kleine Zeremonie in dem gleichen Saal, in dem die beiden zuerst miteinander getanzt hatten, durchgeführt. Chantal hatte sich das Buch mit den Vorlagen ganz durchgesehen. Sie hatte sich dabei an fast vergessene Ereignisse aus ihrer Sturm- und Drangzeit in der Rockabilly-Musikszene erinnert. Zur Überraschung von Elenor erschien sie im gepunkteten Kleid mit Petticoat, Haarreif, Handschuhen, schwarzen Nahtnylons und Ballettschuhen aus Leder, die so geschnürt waren wie Spitzenschuhe. Elenor hatte sich überlegt, daß sie unbedingt klassisch auftreten wollte, aber daß sie auch der Sache des BDSM ihre Reverenz erweisen wollte. So war sie im kurzen schwarzen Tutu im Kostüm des Schwarzen Schwans erschienen. Komplett war sie noch nicht, denn sie trug momentan einfache schwarze Ballettschuhe aus Leder. Sie hatte einen Schuhkarton in der Hand.

"Ich hatte dir vom letzten Geschenk meines Kunden und Stifters dieses Instituts erzählt. Dies sind die Schuhe. Ich habe sie nur einmal kurz anprobiert, aber nie richtig getragen, denn es gab keinen würdigen Anlaß dafür. Jetzt, da ich eine geistige Verbundenheit mit dir habe, glaube ich, daß es ihm recht gewesen wäre, daß ich sie heute trage."

Chantal hatte in ihrem Leben immer wieder Rituale beobachtet oder selbst durchgeführt, trotzdem fühlte sie sich sehr berührt.

"Elenor, laß uns alles gemeinsam tun. Er hätte bestimmt gewollt, daß du die Schuhe heute für ihn trägst. Ich möchte sie dir anziehen dürfen, auch als Zeichen meiner Dankbarkeit an dich."

Chantal kniete nieder, entnahm dem Karton Zehenpolster und die Schuhe. Elenor nahm wortlos Platz und ließ sie gewähren, von dieser Geste ebenfalls gerührt. Die schwarzglänzenden Spitzenschuhe mit den feinen roten Linien waren wunderschön. Chantal zog Elenor die Polster über und die Schuhe an und schnürte sie andächtig fest. Sie versäumte es nicht, die losen Enden hinter dem Knoten unter den Bändern zu verbergen, so daß der Eindruck entstand, die Schuhe wären mit dem Körper eins. Sie stand auf und entzündete eine Kerze, die auf der Fensterbank bereitstand. Chantal nahm das neben der Kerze liegende Band, welches, als wenn erneut eine unsichtbare Regie im Spiel wäre, die gleiche tiefrote Farbe aufwies wie die Kontur von Elenors Spitzenschuhen. Elenor hatte, in Andenken an ihr Walzererlebnis, für leise Musik zur Untermalung gesorgt. Die beiden sahen sich einen Moment an, Chantal nickte leicht, sie war bereit. Sie nahm das rote Band und knotete ein Ende an Elenors Handgelenk. Elenor tat es umgekehrt bei Chantal. Dann faßten sich die beiden an den symbolisch verbundenen Händen, Elenor begab sich auf Spitze. So standen Sie sich zur leisen Musik gegenüber und schauten sich tief in die Augen.

"Chantal, du bist mir ans Herz gewachsen. Du bist der einzige lebende Mensch, der mich, mein seltsames Schicksal und meine Mission versteht. Ich wünsche mir eine tiefe Freundschaft mit dir, die aber Sexualität ausdrücklich ausschließt. Hier geht es um höhere Werte, die über einem möglichen Strohfeuer stehen. Darum möchte ich dich im geistigen Sinne als meine Schwester adoptieren."
"Elenor, du hast mir einen Weg gezeigt, wie ich wieder zu mir finde. Ich habe deine Gabe erkannt, dies nicht nur mir, sondern auch anderen Menschen zu geben, was ich zutiefst bewundere. Ich möchte dich dabei unterstützen. Es ist auch in meinem Sinne, wenn ich die Kraft, die meine sexuelle Vergangenheit bestimmt hat, in andere Bahnen lenke. Ich lasse mich nur zu gerne als deine Schwester adoptieren. Nie soll etwas zwischen uns stehen."
"Dann sei es. Du bist jetzt meine Schwester, ich teile meine Gefühle, aber auch meine Verantwortung mit dir."
"Ich bin stolz darauf, deine Schwester zu sein. Ich werde in allen Zeiten zu dir halten."
Dieses Mal war es Elenor, die führte. Sie bewegte sich fast in Zeitlupe, indem sie nur jeden zweiten Takt aufnahm, und tanzte mit Chantal einen Walzer zu der leisen Musik, die durch das Rascheln des Petticoats ergänzt wurde. Die Szenerie war intim und leicht gespenstisch. Hätte der Stifter sie auf der anderen Seite des Spiegels noch miterlebt, wäre es für ihn eine unerwartete Wendung gewesen, aber sicher eine glückliche.

Schwarzer Schwan und Pin-Up tanzten nicht lange, dann fielen sie sich vor Glück schluchzend in die Arme...

Als ob es so kommen mußte, gab es nach wenigen Monaten die erste Bewährungsprobe für die beiden Schwestern. Aber weder Zwischen-menschliches noch Sexuelles war der Auslöser, sondern es war, völlig unerwartet, die Bürokratie. Durch eine Panne bei einer Behörde würden wichtige Fördergelder erst mit dem nächsten Zahlungslauf im kommenden Monat angewiesen. Ausgerechnet jetzt, wo eine höhere Stromnachzahlung und die Grundsteuer fällig wurden. Das war eine handfeste Krise, zumal so etwas wie das Institut nach Bankkrediten gar nicht erst zu fragen brauchte. Auch der Finanzberater mußte kapitulieren und meinte mit Rückblick auf seine Militärzeit "im Frieden wird der Feind durch die Verwaltung ersetzt." Zwei Tage lang grübelte Elenor, ohne einen Ausweg zu finden, selbstverständlich hatte sie Chantal ins Bild gesetzt. Die erschien am dritten Tag mit einem Scheck in der Hand und ihrem Blick, der früher einmal Sklaven signalisiert hatte 'versuch gar nicht erst, dich zu wehren'. Sie lieh Elenor aus ihrem Vermögen kurzerhand die fehlende Summe und meinte trocken "es dient einem guten Zweck".

Beim nächsten Termin blieb diese Buchung dem Finanzberater natürlich nicht verborgen. Er spürte, daß es unklug gewesen wäre, nach dem Warum zu fragen, und zog sich dadurch aus der Affäre, daß er darauf hinwies, daß bald wieder der Besuch des Stiftungsratsmitgliedes aus USA anstehen würde. Es wäre ausreichend, die Sache dann zu erklären.

Dieser Termin rückte näher, und statt des Mannes, der sonst immer angereist war, kam eine Frau. Sie entschuldigte ihn wegen Krankheit und erklärte zugleich, sie hätte sowieso früher oder später einmal persönlich kommen wollen, nur hätten ihre Geschäfte sie bislang davon abgehalten. Den Umgangsformen und ihrem Wissen nach war sie eine höhergestellte Persönlichkeit. Sie war sich dennoch nicht zu schade, einen gewissenhaften Blick in die Bücher zu werfen und kam natürlich auf Chantal zu sprechen. Gegen den Vorschlag, Chantal dazuzubitten, hatte sie nichts. So verbrachten die drei viel Zeit gemeinsam im Gespräch. In dessen Verlauf lenkte die Besucherin das Gesprächsthema geschickt weg von der Buchführung hin zu Ansichten über das Leben, die innere Motivation, das Institut zu leiten und den Grund, warum Chantal spontan eingesprungen war.

Am Ende der Unterhaltung meinte sie:
"Kann ich es so zusammenfassen: Elenor wurde zunächst durch ihren Lebensweg geformt. Wie der Stifter ihr richtigerweise zugetraut hat, hat sie durch die Übernahme der Verantwortung für das Institut ihre Persönlichkeit weiterentwickelt. Sie hilft Menschen, ohne daß es in der Öffentlichkeit publik wird. Ein großer Schritt war es für sie, sich zu offenbaren und Sie, Chantal, nicht nur zu akzeptieren, sondern herzlich als Schwester anzunehmen. Chantal wiederum teilt das Anliegen, einer guten Sache zu helfen, ohne daß jemand davon erfährt oder es Lob dafür gibt. Das hat sich zunächst auf die Arbeit des Instituts bezogen, die ihr selbst geholfen hat. Sie hat sich dies dann aber auf einer anderen Ebene zu eigen gemacht, indem sie Elenor unerwartet und ohne zu zögern finanziell aus der Klemme geholfen hat. Sie arbeiten beide unbewußt an der Entwicklung ihres Selbst und sie helfen auf diesem Weg Anderen, ohne davon Aufhebens zu machen."
"So bewußt war es uns gar nicht, aber man kann es so formulieren."
"Ich wünsche meinem Kollegen nie etwas Böses, aber dieses eine Mal bin ich doch froh, daß er sich kurz vor dem Termin eine Grippe zugezogen hat. Mir war bisher nicht klar, was Sie hier leisten."

Epilog

Es vergingen einige Monate, in denen sich die Dinge zum Positiven entwickelten. Die ausstehende Zahlung ging ein, und Elenor konnte ihre Schulden bei Chantal begleichen. Die Schwesternschaft wuchs beständig weiter zusammen. Als hätte es in der Vergangenheit nicht bereits genug Geheimnisvolles gegeben, fand sich in der Post eine an die beiden gerichtete Einladung. Absender war die Frau, die der Stiftungsrat zuletzt als Vertreterin entsandt hatte. Ungewöhnlich war der Ort und Anlaß, scheinbar handelte es sich um einen kleinen Sektempfang abends in der Suite eines distinguierten Hotels in der Stadt. Die Frau hatte ihre Anreise aus Übersee gar nicht angekündigt.

Neugierig und gemeinsam sowieso unschlagbar sagte das Duo zu. Ein klein wenig mochte auch der Aspekt hineinspielen, daß man endlich einmal wieder die Abendgarderobe vorzeigen konnte. Im Hotel angekommen, fanden sie die Frau zu Ihrer Verwunderung zwar ebenfalls im chicen Abendkleid, aber alleine und etwas verloren wirkend in der riesigen Suite vor. Das gereichte Glas Sekt entsprach zumindest der Einladung. Elenor fiel eine kleine Brosche am Kleid ihrer Gastgeberin auf, die einen fünfzackigen Stern mit verschiedenfarbigen Segmenten sowie einen weißen Richterhammer zeigte.

"Meine Damen, ich danke Ihnen für Ihr Kommen. Sie haben sicher eine größere Gesellschaft erwartet, ich muß Ihnen eröffnen, daß sie nur aus uns dreien bestehen wird. Dennoch haben Sie sich nicht vergeblich festlich gekleidet, denn der Anlaß dazu ist durchaus gegeben. Den Rahmen unserer kleinen Zusammenkunft würde ich als halboffiziell bezeichnen, ich werde es Ihnen später erläutern. Aber bitte nehmen Sie doch Platz, es soll ja kein Stehempfang werden."
Sie bedeutete den beiden Platz zu nehmen.
"Madame, Sie haben eben einen interessierten Blick auf meine Brosche geworfen. Mit ihr hat die Sache auch zu tun. Ich bin die Matrone eines in den USA ansässigen Chapters des Order of the Eastern Star. Dies bedeutet umgangssprachlich, daß ich die Vorsitzende einer Loge bin, wobei diese Bezeichnung von uns zwiespältig gesehen wird."
"Was, Sie sind eine Art Freimaurerin? Ich dachte, die Mitglieder würden sich nie zu erkennen geben, zumindest zu Lebzeiten?"
"Ganz falsch ist diese Ansicht nicht. Sicher fragen Sie sich, was das mit Ihnen zu tun hat. Das ist etwas kompliziert. Der Mensch, zu dem Sie, Madame, offenbar eine enge gefühlsmäßige und kulturelle Bindung hatten, oder anders gesagt, der verstorbene Stifter, der ihr Ballett-Institut ins Leben rief, war Lobbyist, weitgereist und hatte überall in der Welt Kontakte. Hier in ihrem Heimatland war er tatsächlich Freimaurer, was ich Ihnen nach seinem Tod mitteilen kann. Wie Sie vielleicht bemerkt haben, hat er den Namen der Stiftung aus unserem abgeleitet und um den Bezug zum Tanz erweitert. In den USA gibt es in der Freimaurerei keine gemischten oder Frauenlogen, das

ist bei uns traditionell noch immer reine Männersache. Aber es gibt Nebenorganisationen, die den Freimaurern an Mitgliederzahl in nichts nachstehen und die die gleichen Ideale haben. Der Verstorbene hatte durch seine Freimaurertätigkeit in Ihrem Land die Möglichkeit, sich in den USA bei den Shriners aufnehmen zu lassen. Dort gefiel es ihm, weil diese Organisation sich relativ volkstümlich gibt und beispielsweise öffentlich bei Paraden auftritt, vor allem aber karitativ tätig ist. Nebenbei bemerkt haben die Rituale und Versammlungsorte der Shriners immer einen orientalischen Touch, was sich aus der Gründungsgeschichte ergab, aber keinerlei religiösen Hintergrund hat."

'Sheherazade!' fuhr es Elenor durch den Kopf.

"Über die Shriners bekam er Verbindung zu uns. Unsere Organisation nimmt die Angehörigen wie Ehefrauen oder Kinder auf, die nicht bei den Freimaurern selbst aufgenommen werden können. Auch hier ist Voraussetzung, daß der Ehemann oder das Familienmitglied Freimaurer ist. Diese Brosche hier ist unser Zeichen, wobei Sie sich den Hammer wegdenken müssen, er verweist nur auf meine Stellung. Uns übertrug er die Aufsicht über die Stiftung, ohne daß Sie es wußten. Damit erreichte er, daß sich sein Tun in den Kreisen Ihres Landes wie auch in denen der Shriners nicht herumsprechen konnte. Denn es ging ihm darum, daß er Ihnen, Madame, zutraute, gemäß freimaurerischem Gedankengut zu handeln, auch wenn Sie sich dessen gar nicht bewußt wären. Hätte er sich geirrt, wäre sein Andenken nicht beschädigt worden."

Die Zeit verflog, und eine weitere Sektflasche wurde geköpft.

"Madame, sie haben sich den Idealen unserer Organisation sehr genähert, wenn auch auf eine unkonventionelle Weise, die es so noch nie zuvor gegeben hat. Diesen Respekt bringe ich auch Ihnen, Chantal, entgegen. Sie würden beide die Aufnahme in unsere Gemeinschaft verdienen. Als Quasi-Angehörige eines verstorbenen Freimaurers wäre das gemäß den Vorschriften auch problemlos möglich. Mir schwebt jedoch statt dessen eine passive Ehrenmitgliedschaft vor, und ich will Ihnen sagen, warum.

Ich muß zugeben, daß ich Ihre ganz individuelle Ausprägung von karitativer Arbeit und der Arbeit an Ihnen selbst zu Hause in den USA niemand erklären kann, dort ist man unter anderem zu prüde dafür. Ich kann jetzt auch begreifen, vor welchem Dilemma Ihr Stifter stand, und warum er diese Konstruktion wählen mußte. Kämen aus dem Zusammenhang gerissene Details an die Presse, würde es unserer Organisation einen schweren Imageschaden zufügen. Daher muß alles wie bisher im Verborgenen ablaufen, sowohl für die Öffentlichkeit als auch für meine Organisation zu Hause. Die Stiftung gewährleistet dies."

Die beiden Adoptivschwestern kamen aus dem Staunen gar nicht mehr heraus. Plötzlich ergab das Gesamtbild einen Sinn, es schien gar, als sei Bestimmung im Spiel, und die ansatzweise abergläubische Chantal bekam zwischendurch eine Gänsehaut. Natürlich hatten sie viele Fragen. Umgekehrt erzählte Elenor von dem Dahingegangenen, wobei sie die sexuellen Details aus Respekt überging. Hier saßen drei besondere

Menschen, die ihr Zusammenfinden uraltem Gedankengut und der Weitsicht eines nun nicht mehr unter ihnen weilenden Mannes verdankten, obwohl dieser kein Heiliger gewesen war. Als sich der Abend dem Ende neigte, wurde den beiden noch ein Ausblick mitgegeben.

"Die Menschen, denen Sie in Ihrem Institut etwas Positives gegeben haben, sind für Sie wie eine Familie, und sie verdanken Ihnen viel. Warum gründen Sie nicht selbst eine Art eigenen Orden der ehemaligen Mitglieder des Instituts, die es später einmal weiterführen werden? Oder Sie denken über die Mauern des Instituts hinaus und schreiben ein fiktives Buch mit Ihrer Biographie, die untrennbar mit dem Institut verbunden ist. Beide Möglichkeiten würden Ihre positiven Gedanken selbst nach Ihrem Tod durch die Welt tragen, und sie würden immer wieder einmal auf fruchtbaren Boden fallen. Im heutigen Informationszeitalter kommt es oft vor, daß unbekannte und vergessene Werke eine Renaissance erfahren. Machen Sie es wie die Kirche, lösen Sie sich von Ihrer Lebensuhr und denken Sie in Jahrhunderten. Die Steinmetze der großen Kathedralen vergangener Jahrhunderte wußten teils auch, daß sie vor deren Fertigstellung sterben würden, aber ihr Glaube ließ sie mit Freude ans Werk gehen. Der Stifter hatte als einen Grund genannt, daß etwas über seinen Tod hinaus Bestand haben sollte, ganz im Sinne der orientalischen Mentalität, gemäß der ein Toter, über den immer noch gesprochen wird, glücklich zu schätzen ist. Vielleicht wird später einmal mehr ein Zeitalter der Intoleranz anbrechen, aber eine Idee hat nun einmal keine physikalischen Eigenschaften, die es ermöglichen würden, sie zu vernichten. So wie man auch eine einmal abgeschickte Flaschenpost nicht zurückholen kann."